# 당신에게 죽음을

KB139567

안전가옥 쇼-트 21

# 유재영 경장편

설희는 다가올 날을 준비했다.

거실 한가운데 매트를 펼치고 그 위에 폼 롤러를 올려 두면 물루는 캣 타워에 올라가 창밖을 내려다보았다. 거실 창에 커튼을 달지 않은 건 그 때문이었다. 물루는 맞은편 아파트에서 점멸하는 불빛이나 바람에 흔들리는 나뭇가지, 놀이터에서 뛰노는 아이들, 주차장으로 들어가는 차량을 유심히 관찰했다. 검은 귀는 불쑥 위로 솟았고 흰 수염이 앞쪽을 향해 조용히 꿈틀거렸으며 긴 꼬리가 엉덩이에 딱 붙어 있었다. 물루는 체구가 작았지만 무언가에 골몰하는 뒷모습은 평소보다 묵직하게 느껴졌다. 설희는 한쪽 벽면을 채운 책장을 응시하며 매트 위에 가부좌를 틀고 앉아 머리카락을 묶고 손과 발의 관절부터 풀었다. 손목과 팔, 발목과 종아리, 등과 어깨로 한 뼘씩 전진해 나가는 동안 해가 졌다.

**당신에게 죽음을**

근력운동을 하기 전에 모든 근육을 고루 자극해 줘야 한다고 트레이너가 말했다. 근육을 깨우지 않고 무리한 명령을 내리다가는 사고가 난다며 오랜만에 운동을 시작한 이들이야말로 스트레칭에 공을 들여야 한다고. 그건 자신의 신체를 알아 가는 과정이기도 하다는 걸 강조했다. 설희는 자신의 삶을 통제하고 싶었다. 의욕만으로는 안 돼요. 아이들이 길을 걷다가 왜 넘어지겠어요. 기껏 용기 내서 운동할 결심을 굳혔는데 손목을 삐끗하거나 근육이 찢어져 몸 어디 한 곳이 불편해진다? 그걸로 끝이에요. 낯선 통증은 계획을 미루게 해 주는 그럴싸한 핑계가 되죠. 스무 살까지 역기를 들던 트레이너는 경기 중 어깨를 크게 다친 뒤로 피트니스센터에서 일하기 시작했다. 목빗근에서 등세모근으로 이어지는 곳 근처의 불에 덴 듯한 흉터를 마주할 때면 그녀의 말이 더 믿음직하게 들렸다. 어디까지 했죠? 다른 사람을 봐주다가 돌아올 때마다 그녀는 운동 순서를 점검했고 누락한 동작은 없는지, 횟수를 부풀리진 않았는지 파악했다.

설희는 운동을 하게 되면서 혼잣말이 늘었다. 몸을 움직이는 동안 되뇐 말은 기억에 오래 남는다는 걸 알았다. 집에서 운동을 하면서도 트레이너가 일러 준 방식을 고수했다. 매일 같은 시각에 스트레칭을 시작했고 호흡에 집중하며 동작마다 구령을 붙였다. 일상생활에서도 작은 행동에 숫자를 붙이는 일이 자주 있었다. 가령 횡단보도를 걷거나 자동차에 시동을 걸면서도, 마트에서 간단히 장을 보면서도 하나부터 열까지, 열하나부터 스물까지 숫자를 셌다. 자신만의 단위로 속도를 가늠했다. 입에서 맴도는 작은 소리는 주변 소음에 묻히기 마련이었다. 그렇게 어떤 행위를 시작하고 끝맺기까지의 시간을 헤아리는 일과 특정 동작을 반복하는 횟수를 셈하는 일은 특별한 안정감을 주었다.

1분 30초간 두 차례에 걸쳐 플랭크를 한 뒤에 버피테스트를 스무 번 반복한 다음 케틀벨을 들고 스쿼트 동작을 이어 갔다. 첫 세트에서는 자세가 흐트러지지 않도록 유지하는 게 중요했다. 그 자세가 마지막 세트까지 이어지기 때문이다. 버피테스트를 할 때마다 각 동작을 1초간 유지하기 위해 노력했고 플랭크를 할 때는 턱을 당긴 채 몸 전체가 일직선이 되도록 의식하며 복부 근육에 집중했다. 그렇게 한 묶음을 소화하고 치닝 바에 매달려 턱걸이를 했다. 한 달에 하나씩 개수를 늘려 가다가 다섯 개에서 멈췄다. 소파를 빼고 스미스 머신을 놓은 뒤로는 턱걸이 한 세트가 끝나면 역기를 들었다. 무게는 신중히 선택했다. 팔을 굽혔다가 다시 들어 올려 역기를 제자리에 놓아야 했기 때문이다. 중간에 포기하거나 도움을 구할 수 없으니 힘의 안배가 필요했다. 설희 씨는 코어가 좋으니까 잘할 거예요. 트레이너는 피트니스센터를 그만두는 설희에게 스미스 머신을 추

**당신에게 죽음을**

천했다. 숄더와 플랫 벤치프레스 말고도 친업과 딥스, 데드리프트는 물론 부품 각도를 조절해서 맨손 운동까지 할 수 있는 기구였는데 설희는 그 위에서 차도 마시고 물루와 나란히 앉아 책도 읽었다. 커다란 쇳덩이를 보면 종이 위에 문진을 올려놓은 것처럼 안심이 되었다.

그건 어디까지나 설희의 입장이었고 물루는 자신의 영역을 침범하는 정체불명의 기구를 마냥 환대하진 않았다. 새로운 케틀벨과 덤벨이 배송되어 올 때마다 털을 세우고 꼬리를 부풀리며 경계했다. 그러다가도 이튿날이 되면 금세 화해했다. 붙임성이 좋다고 해야 하나. 스미스 머신의 벤치 위에 올라가 잠을 청했고 더울 땐 차가운 금속 위에 널브러져 열을 식혔다.

스트레칭부터 벤치프레스까지의 사이클을 반복하면 3회 차부터 땀이 흘렀다. 붙들고 당기고 밀어내고 버티고 들어 올리면서 계속 숫자를 셌다. 숨이 차오르고 근육이 꿈틀거렸다. 일정한 리듬이 생기면 뜨겁게 달궈진 힘이 차올랐다. 살아 있다는 걸 느꼈다. 더 헐떡이고 싶은 욕망이 무엇인지 학습했다. 생명은 들숨과 날숨 사이에 있었다. 죽음도 그곳에 있었다. 설희는 이대로 죽어도 잃을 게 없다고 생각했다. 그리운 사람은 모두 그곳에 있으니까. 하지만 살아 있는 동안 이루고 싶은 과업이 있었고 과업을 수행하기 위해선 인내와 믿음, 그리고 강인한 체력이 필요했다.

　욕실에서 땀을 씻어 내고 지하 주차장으로 향했다. 근력운동을 시작한 초기에는 저녁 산책길에 애를 먹었다. 다리에 쥐가 날 것 같아 손으로 허벅지를 부여잡고 서둘러 복귀한 일도 있었다. 그렇게 힘에 부치는 날에도 산책을 거른 적은 없었다. 운전을 하기 전에는 걸어서, 운전을 하고 난 뒤로는 차로 도시 이곳저곳을 탐사하듯 쏘다녔다. 신도시의 지형지물은 자주 변했는데, 작년까지 벌판이었던 곳에 물류 센터가 들어섰고 지난달까지 가림 벽으로 둘러싸여 있던 곳에 오피스텔이 생겨났다. 설희는 이사 온 뒤로 그 변화를 지켜봤다. 새롭게 길이 닦인 곳이나 공사 현장을 지나칠 때면 차의 속도를 줄였다. 오늘의 공사 현장에서는 인부 서너 명이 외벽 안쪽의 드럼 통 주변에 둘러선 채 불을 쬐고 있었고 그들 사이에서 흰 연기가 올라왔다. 연기 뒤로 꽤 높이 올라간 아파트 골조가 창백하게 모습을 드러냈다. 공사 현장을 지나자 공원으로 조성된 야트막한 언덕이 나왔다. 이어서 얼마 전 개교한 고등학교와 중학교가 등장했고 그 앞 정류장에서 심야 버스가 멈춰 섰다가 출발했다. 타는 사람도, 내리는 사람도 없었다. 횡단보도 앞에는 커다란 개와 함께 산책을 나온 여자가 서 있었다. 설희는 끝 쪽 차로에서 직진신호를 기다렸다.


**당신에게 죽음을**

도서관 3층 사무실에서 작은 환영식이 열렸다.

"복직 축하해요. 다들 기다렸어."

관장이 꽃다발을 전해 주며 말했다. 박수가 이어
졌고 동료들이 인사를 건넸다.

"도서관에서 보니까 너무 좋네. 이게 얼마 만이야."
"몸은 좀 어때?"

설희는 전보다 좋아졌다고, 훨씬 나아졌다고 대
꾸했다. 동료들은 설희에게 악수를 청하거나 가볍
게 포옹하거나 눈인사를 건네고 하나둘 자기 자리
로 돌아갔다. 설희는 휴직 전과 마찬가지로 문헌정
보실에 배치되었기에 김정완을 따라 1층으로 내려
가는 엘리베이터를 탔다.

"그대로예요, 선배."

김정완이 그렇게 말하고 나서 엘리베이터 문을
마주 보고 섰다. 뭐가 그대로라는 걸까. 설희는 되묻
지 않았다. 김정완은 기간제 사서로 설희가 휴직하
면서 계약을 연장했다.

"주말에 강연이 있어요."

김정완은 문헌정보실 출입문 옆 게시판을 가리키
며 말했다. 공연 소식과 신규 회원 가입 안내문 사이
에 포스터가 붙어 있었다.

## 《악인과 광인》, 인간의 악의와 광기에 관한 질문들

총 8회로 구성된 강연이었다.

"직접 기획하신 거예요?"

게시판 앞에서 설희가 물었다.

"근처 대학에서 강의하는 선생님 프로그램인데 이번에 '길 위의 인문학' 사업에 선정됐거든요. 마침 신청서에 적힌 커리큘럼이 괜찮아서 관장님이 이분으로 하자, 했죠." 김정완은 강연자가 쓴 책도 재밌다며 행사용으로 구매한 책의 여분을 설희에게 건넸다. "좋은 분이에요."

김정완은 이전에 근무하던 도서관에서 그를 잠깐 만난 적이 있다고 했다. 그러고는 들고 있던 서류철에서 프로그램 기획안을 빼내 설희에게 건넸다. 세 장짜리 문서였다. 설희는 한 장씩 들춰 보며 누락된 항목은 없는지 살폈다.

그날 저녁, 드라이브를 하고 돌아와 책을 읽었다. 문학과 영화, 그림 속에 등장하는 의뭉스러운 인물의 유형과 심리를 분석하고 그들이 등장하게 된 사회 배경을 파헤치는 내용이었다. 저자는 악인과 광인을 분리해서 설명했는데 광기는 질병이 아니며 이따금 이성을 뛰어넘는 비전을 제공한다는 주장을 펼쳤다. 그러면서도 악인에게서 광인의 면모를 발견하는 경우가 드물게 있다고 서술한 것이 눈에 거

슬렸다. 설희는 범죄자가 심신미약을 주장하며 감형받은 사례를 떠올렸고 강연에 대한 기대를 접었다. 한편으로는 궁금했다. 작가는 어느 쪽일까. 악인일까, 광인일까. 아니면 드물게 발견된다는 희귀종? 휴직 기간을 제외하면 도서관에서 7년간 일한 설희가 지금까지 맞닥뜨린 작가는 대개 둘 중 하나였다. 악의를 내비치며 타인의 흠을 들추어 헐뜯거나 별안간 광기에 휩싸여 열을 냈다. 어느 쪽이든 호감일 리는 없었다.

행사 당일, 시간에 맞춰 2층 문화강연실 앞에서 프로그램 신청자들을 안내했다. 예정된 시각에 강연이 시작됐다. 어두운 낯빛으로 단상에 선 작가는 청중을 훑어보다가 떨리는 목소리로 인사를 건넸다. 얼핏 보면 인상을 쓰는 거 같았지만 붉게 달아오른 얼굴 위로 긴장한 티가 역력했다. 악인을 소개하고 광인을 비호하던 책 속 모습과는 확연히 달라 보였는데, 설희에게 가장 인상적이었던 상황은 작가의 목소리가 차츰 안정되어 갈 때 일어났다. 작가가 준비한 영상을 상영하기 위해 설희가 앉은 자리에서 일어나 단상 조명을 끄고 객석 너머로 스크린을 바라볼 때였다. 단상 위 작가의 얼굴에 난반사된 빛이 어른거렸다. 그 모습이 책 속에 등장했던 렘브란트의 그림 몇 점과 겹쳐 보였다. 어두운 색채로 만들어낸 장면과 화폭 가운데 홀로 빛을 받고 선 한 사람. 설희는 렘브란트의 그림을 좋아하지 않았다. 뭔가 이렇게 어두울까, 이 사람은 그림을 밤에만 그렸나. 미술관에서 렘브란트의 그림을 만나면 터널을 빠져나오듯 그 앞을 지나치곤 했다. 이 작가를 만나고 나서야 알게 되었다. 햇빛을 받은 물체 뒤에 그림자가 드리우듯 어둠 뒤편에는 반드시 빛이 머물렀다.

두 번째 강연에 앞서 연계 행사로 시립미술관에서 열린 〈빛과 어둠〉 레플리카 전시를 보고 도서관으로 향하는 길이었다. 도서관과 시립미술관은 커다란 호수 공원을 사이에 두고 있어서 차로 이동하는 것보다 걷는 게 빨랐다. 프로그램 참가자를 인솔한 김정완이 앞장서고 설희는 무리 끝에서 뒤처지는 인원이 없는지 점검하다가 공원 입구를 지나면서부터 강연자인 이수혁과 나란히 걷게 되었다.

"선생님은 어느 쪽이세요?"

이수혁이 설희를 향해 말했다. 햇빛 아래에 선 그는 실내에서보다 좀 더 커 보였다.

"네?"

"둘 중에요. 카라바조와 렘브란트."

설희의 걸음이 느려졌고 한 걸음 앞서게 된 이수혁이 뒤돌아서 설희를 지켜봤다. 그가 왼손에 든 롱코트의 목깃이 바닥에 끌릴 것 같은 위치에서 좌우로 흔들렸다. 설희는 두 화가를 놓고 관람객의 선호를 묻던 전시실 끝의 안내판을 떠올렸다.

**당신에게 죽음을**

"직접 보니까 렘브란트 쪽이 더 끌리던데요."

"렘브란트는 자신의 상을 포착하기 위해 다양한 표정을 지어 봤다더군요. 저편에 거울 두 개를 세워 두고요."

이수혁이 자신의 얼굴을 거울에 비추듯 오른 손바닥을 마주 보며 말했다.

"17세기 남자라 그런가, 자기애가 강했나 봐요."

"그림을 더 잘 그리고 싶었겠죠. 다양한 사물을 거울 앞에 두고 움직여 봤다니까요."

"빛을 활용하는 방식이 좋았어요."

설희는 호수 건너편을 바라보며 말했다. 잔물결이 햇빛에 반짝이며 흘러갔다.

"어둠이 짙으면 밝은 부분이 더 도드라지죠."

"〈야경〉은 어둡기만 하던데요."

아까 본 전시를 떠올리며 설희가 말했다. 〈야경〉은 가로 폭이 4m, 높이가 3m가 넘는 거대한 그림으로 총과 창으로 무장한 민병대의 행진이 담긴 작품이었다. 제목과 달리 그림 속 시간은 낮이었다.

"원래는 그보단 밝은 그림이었는데 바니시가 산화되면서 어두워졌다고 하더군요."

"그림을 지켜 주던 약품이 독이 됐네요."

"영원한 건 없잖아요." 이수혁이 잠시 멈췄다가 계속 말했다. "어두워진 이유가 하나 더 있는데, 그림 속 여자에게 어떤 남자가 염산을 뿌린 적이 있대요. 미술관에서요."

설희는 이수혁을 바라보고 섰다. 사건의 결말을 듣고 싶었다.

"그 여자가 사탄이라고 믿었다더군요. 자기한테 저주를 내렸대요. 그림 속에서."
"저주라고요? 그 여자는 수호천사잖아요?"
"맞아요. 〈야경〉을 작업한 해에 병으로 죽은 렘브란트의 아내를 모델로 그린 거였죠."
"끔찍하네요. 그 남자, 그걸 알고 그랬겠죠?"
"그렇겠죠? 악인과 광인, 어느 쪽이라고 생각하세요?"
"누구요?"
"그 남자."
"편 나누는 걸 좋아하시네요?"

설희는 미간을 찌푸리며 말했다.

"제가 원래 그렇진 않은데." 이수혁이 쓴웃음을 지으며 말을 이었다. "이번 책을 쓰면서 생긴 습관이에요. 그래야 책이 팔린다던데요? 편집자 탓을 하는 건 아니고… 목차를 나눠야 하니까, 분류를 하게 되더라고요. 이 사람은 악당일까, 아니면 미친 건가. 다음 책에 아까 말씀드린 이야기를 넣으려고요."

"또 악인과 광인이에요?"

**당신에게 죽음을**

"사실 악의나 광기는 분류 기호 없이 뒤섞여 있잖아요. 주로 사회의 도덕률이나 법정에서의 판단에 따라 갈리죠." 이수혁은 잠시 생각하다가 계속 말했다. "이렇게 생각해 봤어요. 나쁜 사람과 아픈 사람. 아프면 판단력이 흐려지니까 나쁜 선택을 하는 빈도가 높아지는 데 반해 나쁜 사람은 여간해선 아파하지 않죠."

"그래서 결론이 뭐예요? 나쁜 사람에게 고통을 안길 장치가 필요하다는 건가요?"

설희가 추궁하듯 물었다.

"아픈 사람을 치료해야 사회가 건강해진다는 말을 하려던 참이었는데, 설희 씨 주장이 더 매력적이네요. 형벌이 필요하죠. 죗값을 제대로 치르려면."

이수혁은 어색하게 미소를 지으며 말했다.

대화를 이어 가며 설희는 이수혁과 이따금 눈을 맞췄고 그때마다 걸음을 늦췄기 때문에 앞장선 사람들과의 간격이 점점 벌어졌다.

"도서관에는 그런 사람 없겠죠?"
"네?"
"악의를 가지고 책을 훼손하는 사람이요. 책을 난도질하거나 바닥에 내던지거나."
"다행히 염산을 뿌린 사람은 아직 없어요. 그 외

에 벌어지는 일에 대해서는 작가님의 상상에 맡기는 게 좋겠네요."

"흔한 일은 아니죠. 제가 너무 나갔네요."

"그런 게 이야기가 되니까요. 독자들도 새로운 빌런을 기다리잖아요."

"밋밋한 권선징악은 식상하죠."

설희는 이수혁의 책에서 읽은 구절을 떠올렸다. '도서관은 제정신이 아닌 생명이 진동에 둘러싸인 비범한 태동의 공간이다.' SF 작가 레이 브래드버리의 말이었다. 이수혁은 무엇을 찾고 있을까. 아니, 무언가 만들어 내는 중일까.

"그래도 너무 어두운 건 싫어요. 빛과 어둠 사이 회색 지대가 매력적이잖아요."

설희는 버드나무 옆을 지나며 말했다.

"지금은 너무 밝네요."

이수혁이 그늘 아래 서서 하늘을 봤다.

"맞아요. 이 공원도 해 질 무렵이 가장 아름답죠. 개와 늑대의 시간."

설희가 말했다.

"저도 그 시간을 가장 좋아해요. 여기서 늑대를 마주칠 일은 없겠죠?"

이수혁이 대꾸했다.

**당신에게 죽음을**

설희는 엷은 미소를 지으며 고개를 끄덕였다. 두 사람은 공원과 도서관의 경계에서 잠시 멈춰 섰다. 해가 조금 기울었지만 아직 한낮이었다. 설희는 이수혁이 악인도, 광인도 아니라고 판단했고 그 점에 대해 조용히 안도했다. 그날 밤, 집으로 돌아오는 길에 공원에서 그와 나누었던 대화와 마주쳤던 눈빛이 어떤 의미였는지 가늠하다가 의외의 감정에 도달했다. 그건 호감이었다. 설희는 이수혁이 가진 이야기가 마음에 들었고 그가 타인을 이해하기 위해 노력한다는 걸 알았다. 그의 목소리를 조금 더 듣고 싶었다. 설희는 오랜만에 찾아든 두근거림을 외면하지 않기로 했다.

며칠 뒤 김정완이 계약 종료일을 한 달 앞두고 다른 지역의 도서관으로 이직했다. 김정완의 퇴사는 설희가 복직하면서 예견된 일이었지만 작별 인사도 없이 관장에게만 퇴사를 통보하고 떠난 것이 설희는 못내 서운하면서도 의아했다. 그녀가 지원한 도서관의 합격 통보가 차일피일 늦춰지다가 갑자기 전해진 탓이라고 관장이 말했다.

그녀가 담당하던 일은 모두 설희의 업무가 되었다. 며칠 동안 문헌정보실을 꾸리는 데 애를 먹었지만 떠난 이를 탓할 순 없었다. 김정완은 인수인계 문서에 더해 다음 분기 수서(收書) 목록까지 업무용

컴퓨터에 저장해 두었다. 심지어 강연 사례비 청구 영수증도 마지막 회차분까지 미리 출력해 두었으니 전임자로서의 도리를 다한 셈이었다.

이수혁의 강연은 어려움 없이 진행됐다. 강연이 거듭될수록 설희와 이수혁의 대화는 길어졌다. 이수혁이 설희의 퇴근을 기다렸다가 근처 카페에서 대화를 이어 가는 일도 있었다. 마지막 강연이 끝난 뒤에는 도서관에서 멀리 떨어진 레스토랑에서 식사를 했다.

"고양이 이름이 뭐죠?"

주문한 음식을 기다리며 설희가 무심코 옷소매에 묻은 털 한 가닥을 떼어 내 냅킨 위에 올려 두자 이수혁이 물었다.

"물루예요."
"장 그르니에?"
"맞아요. 《섬》에 나오죠. 고양이 물루. 어떻게 바로 아세요?"

설희는 냅킨을 반으로 접으며 되물었다.

"좋아하는 책이에요. 이 문장으로 시작되지 않나요? '짐승들의 세계는 침묵과 도약으로 이루어져 있다.'"
"그걸 기억해요?"
"좋아하는 건 잘 기억하죠. 침묵과 도약이라니,

**당신에게 죽음을**

너무 멋진 표현이잖아요."

"저도 물루가 가만히 엎드린 모습을 좋아하죠. 근데, 이름을 지어 주고 책을 다시 읽다가 알게 됐어요."

"뭘요?"

"물루가 눈이 멀고, 뜻하지 않게 죽음을 맞이한다는 걸요. 장 그르니에가 직접 안락사를 시켜요. 그걸 잊고 있었죠."

"흠, 그건 몰랐네요."

"이름을 바꿀까 하다가 이름 대신 생각을 바꿨어요. 나는 물루와 평생을 함께하기로."

"잊히지 않겠네요. 그 약속은."

설희는 누군가 마음에 들면 상대방의 버릇을 하나씩 포착해서 그 기원을 유추해 보곤 했다. 이수혁은 어순을 뒤바꿔 말하는 습관이 있었다. 그렇게 자신이 말하고자 하는 바를 강조했다.

"수혁 씨는 평생을 약속한 적 있나요?"

"어렸을 때 강아지를 키웠어요. 저랑 같이 자랐는데… 중학교 2학년 땐가, 제 품에서 죽었어요. 이후로는 쉽지 않더군요."

"상처가 컸겠네요."

"그런 건 잘 아물지 않더라고요."

"빈자리는 오래 가죠. 저도 매일 걱정해요. 물루가 먼저 떠나면 어떻게 감당할까."

"매일, 후회 없이 사랑해야죠. 관계란 게 그렇게 유지되잖아요. 사랑을 주면 사랑을 받죠. 그것밖에는 없는 거 같아요."

설희는 고개를 끄덕이며 작게 기침했다. 와인을 몇 모금 마시고 용기 내 물었다. "지금 같이 사는 분과는 어때요?"

질문을 던진 뒤 이수혁의 얼굴을 살피다가 그의 버릇을 하나 더 포착했다. 난감한 상황에서 소리 없이 웃었고 왼쪽 입꼬리가 슬쩍 올라갔다.

"지금은 혼자 살아요. 학교 기숙사에서 지내고 있죠." 이수혁은 1년째 별거 중이며 이혼을 앞둔 상황이라고 했다. "그 사람과는 완전히 끝났습니다."

"힘드셨겠네요." 설희가 고개를 끄덕이며 말했다. "유감이에요."

이수혁은 와인을 한 모금 마시고 설희를 바라보았다.

"그분은 어떻게 만났어요?"
"무대에서요."

이수혁은 냅킨으로 입가를 닦아 낸 다음 답했다.

"무대요?"
"연극을 하거든요."

설희는 고개를 끄덕이고 침묵했다. 막상 화제가

전환되자 그쪽에 관심 두고 싶지 않다는 걸 깨달았다. 별거 중이든 이혼을 했든 지난 연애였다. 자신과 이수혁 사이에 속하지 않은 걸 물을 이유는 없다고 생각했다. 설렘이든 호기심이든 좋은 감정은 여기에 있었다. "죄송해요. 제가 괜한 걸 물었네요."

"아니요. 일찍 말할 수 있어서 다행이에요. 미래로 가려면 과거가 필요하니까요."

이수혁이 목소리를 가다듬고 양팔을 테이블 위에 올린 채로 말했다.

"그 전에," 설희도 이수혁의 눈빛을 피하지 않았다. "확실히 말해 줘요. 당신이 결혼을 했다는 게, 결혼을 했었다는 게 우리 관계에서 문제가 되나요?"

"어떤 문제요?"

"이렇게 자주 만나도 괜찮나요?"

"안 될 이유를 모르겠는데요."

"귀책사유가 수혁 씨에게 생기는 건 아닌가 해서요. 이혼을 앞두고 있다면…."

"아니요. 그럴 일은 없어요. 변호사의 도움 없이 진행하려니 시간이 좀 걸리는 거뿐이에요. 이혼도 서류로 하는 일이라서요." 그때 웨이터가 설희의 카드와 영수증을 가져다주고 돌아갔다. 이수혁이 계속 말했다. "계산은 끝났고, 카드 승인도 났는데 아직 통장에서 돈이 빠져나가지 않은 거랑 같죠."

"난 체크카드만 쓰는데."

설희의 얼굴에 엷은 미소가 흘렀다. 이수혁도 긴장이 풀린 듯 웃었다.

"놓치고 싶지 않아요. 그래서, 솔직하게 말하는 겁니다. 설희 씨만 괜찮다면 아무 일 없어요."

설희는 고개를 끄덕였다. 어떤 연애에든 걸림돌은 있었다.

"늦었네요. 시간 괜찮아요?"

잔에 남은 와인을 삼키고 설희가 말했다.

"물루는 어디 있죠?"

집에 들어서자마자 이수혁은 물루부터 찾았다.

"숨었을 거예요. 낯선 사람은 기막히게 알아차려요. 겁이 많거든요."
"저랑 닮았네요."
"겁이 많아요?"
"겁이 많고, 낯도 가리죠."

설희는 이수혁의 손을 잡고 거실로 이끌었다. 조명을 켜지 않았는데도 실내는 충분히 밝았고 맞잡은 손에서 열기가 전해졌다.

"거실 한가운데 이게 왜…."

이수혁은 스미스 머신을 물끄러미 바라보며 중얼

거렸다.

"운동 말고 다른 이유가 있을 거 같아요?"

설희는 이수혁의 허리에 두 손을 올리며 물었다.

이수혁의 고개가 살짝 밑으로 향했고 곧이어 입술이 맞닿았다. 설희는 벤치에 이수혁을 앉혔다.

"무너지지 않겠죠?"
"같이 역기를 들어도 괜찮아요."

설희는 이수혁을 마주 보고 그의 허벅지 위에 앉았다. 그의 두 뺨을 엄지손가락으로 쓸어 내며 입을 맞췄다. 고개가 움직이고 뜨거운 혀가 들썩일 때마다 숨결이 느껴졌다. 입 안이 가득 찼고 이따금 이빨이 닿았다. 설희는 미세한 떨림과 숨소리, 입 안에 감도는 와인 향이 누구의 것인지 분류하지 않고 그대로 받아들였다. 입술을 떼고 이수혁의 어깨 위로 손을 올린 채 하체를 조금씩 움직였다. 강렬한 키스 탓에 입 안에서 비릿한 맛이 느껴졌다. 이것은 누구의 피일까. 고작 10분 남짓한 시간이 지났을 뿐이었는데도 숨이 차오르고 근육이 꿈틀거렸다.

설희는 침대 위에서 눈을 떴다. 새벽이었다. 수면제 없이 깊이 잠든 게 얼마 만인지 기억나지 않았다. 옆자리는 비어 있었고 거실에서 바스락거리는 소리가 들렸다. 식탁 위 등이 켜져 있었다. 식탁 위에 가만히 엎드린 물루가 방에서 나오는 설희를 우두커니 바라봤다.

"내가 시끄럽게 했나?"
"아니, 얘는 언제 나왔어요?"

설희가 입을 열자 물루가 하품을 한 뒤 자세를 바꿨다.

"좀 전에? 대치 중이었어요. 2m라고 했나요?"
"뭐가요?"
"고양이와의 적정 거리."
"그 정도면 충분해요."

설희는 정수기에서 물을 따라 이수혁에게 건넸다.

"뭐 읽어요?"
"애거서 크리스티, 이 판본은 처음 봐서요."
"언니 책이에요."
"언니가 있어요?"

설희가 말없이 고개를 끄덕였다.

"그래서 옛날 책이 섞여 있구나. 도서관 보존 서고에 들어갈 책을 몰래 빼돌리는 건 아닌지 의심할 뻔했네요."
"아하, 여기에 있었네요. 도서관 이용자 중에도 사서를 의심하는 사람들이 있죠. 그런 사람을 만나면 꼭 하고 싶었던 게 있어요."

**당신에게 죽음을**

물잔을 비운 이수혁이 눈을 크게 뜨고 설희를 바라봤다. 이수혁 앞으로 한 발 다가선 설희가 그의 목에 두 손을 대고 장난스럽게 조르는 시늉을 하다가 짧게 입을 맞췄다.

"좋아요. 이제 또 다른 전리품을 찾아봐야겠네요."

이수혁은 어둠에 잠긴 서재를 바라보고 서서 말했다.

"실은 궁금한 게 있는데, 저 책은 꺼내 볼 엄두도 못 내겠더라고요."
"어떤 책이요?"

이수혁이 한 걸음 책장 쪽으로 다가가 중앙 상단을 가리켰다. 책장 한 칸을 독차지한 책이 보였다. 검붉은색 가죽 커버에 '아기 돼지 세 자매, 정정희 지음'이란 글자만 하얗게 음각되어 있었다. 출판사명도 적혀 있지 않았다.

"팝업 북이라고 하기엔 표지가 너무 고풍스럽고, 아트 북인가?"

설희는 서재 앞으로 가서 두 손으로 책을 감싸듯 들어 올렸다.

"자, 들어 봐요." 설희의 말에 이수혁은 오른손으로 책 가장자리를 붙잡았다. "두 손으로."

이수혁이 왼손을 내밀어 설희가 쥐고 있던 부분을 받쳐 들었다. 설희가 손을 놓자 이수혁이 당황하며 얼굴을 붉혔다. 책이 돌덩이만큼 무거웠다.

"뭐가 이렇게 무거워요? 책 맞죠?"

"열한 살 되던 해, 언니가 제 생일 선물로 준 책이에요. 저기 앉아서 봐요."

이수혁은 책이 들어 있는 케이스를 유심히 살폈다.

"언니가 직접 그림을 그리고 글을 썼어요. 세상에 하나뿐인 책이죠. 일러스트레이터였거든요. 너무 자주 봐서 다 헐었었죠."

"이건 카피본 같은 건가요?"

"보존 서고에서 일할 때 책 수선소를 알게 됐는데, 거기 맡긴 뒤에 지금 모습이 된 거예요. 최고로 튼튼하게 고쳐 달라고 했거든요. 평생 볼 수 있게. 셋째가 지은 벽돌집처럼."

"이 케이스, 대체 뭘로 만든 거죠?"

이수혁이 케이스를 검지와 중지 끝으로 두드리듯 쓸며 물었다.

"가죽 안에 동판이 들어갔어요. 황동이라던가…. 내지로는 가장 두꺼운 아트지를 사용했고요."

이수혁은 조심스레 케이스를 벗겨 냈다. 아기 돼지 세 자매의 모습이 그려진 표지가 드러났다. 펜화였다. 첫째는 볏짚을 들고 있었고 둘째는 나뭇가지를, 셋째는 큰 벽돌을 쥐고 있었다. 그 아래 글귀가 있었다.

**당신에게 죽음을**

설희의 생일을 축하하며, 2004년 11월 17일. 언니 정희

"생일이 지난주였네요?"

설희가 눈을 천천히 깜빡이며 고개를 끄덕였다.

"그럼 좋네요. 언니가 또 있어요? 아니면, 동생이 있으려나."

"언니랑 저, 둘이에요."

"그런데 왜 세 자매예요?"

"언니가 우리 둘 사이에 누가 있으면 좋겠다고, 항상 그랬거든요."

"동생한테 엄청 시달리셨나 보다."

"시달리긴 했죠. 자기가 멀리 가 버리면 제가 힘들까 봐, 셋으로 했대요. 자라면서 줄곧 우리 둘뿐이었거든요."

"지금은요? 같이 안 살아요?"

"죽었어요. 13년 전에."

"… 미안해요."

"아니에요. 그 책, 오랜만에 봐서 반가운데요? 생일 때마다 꺼내 봤는데 수선하고 나서는 이상하게 잘 안 보게 되더라고요. 너무 무거워서 그런가. 그냥, 집 지키는 토템 같달까."

제자리에서 몸을 쭉 뻗어 스트레칭을 하던 물루가 이수혁의 팔에 얼굴을 부비며 다가섰다.

"드디어 수혁 씨에게 마음을 여나 봐요. 간식 좀 줘 볼래요?"

설희는 부엌 찻장에서 츄르를 꺼내 이수혁에게 건네고 한 걸음 떨어졌다.

이수혁의 표현을 빌면 통장에서 돈이 빠져나갈 때까지 설희와 이수혁의 연애는 자연스레 비밀이 되었다. 제약은 없었다. 사랑은 둘만의 영역이었으니 누군가의 인정은 필요하지 않았다. 누군가의 시선도 거부했다. 설희는 이수혁이 함께 걸을 수 있는 사람이라서 좋았다. 같은 방향을 바라보지 않더라도 같은 길을 걸을 수 있는 사람. 보폭이나 페이스가 비슷하지 않아도 기다리고 쉬어 가며 동행할 수 있는 사람. 섹스할 때도 비슷했다. 달아오르는 속도가 달라도 같이 느낄 수 있는 사람. 두 사람은 각자 걸어온 길을 존중하며 한 걸음씩 앞으로 나아갔다. 이전까지 되는 대로 조금씩 먹었던 설희는 이수혁 덕분에 스스로가 어떤 식감을 좋아하고 어떤 향을 선호하는지, 어떤 음식을 입에도 못 대는지 차츰 알아 갔다. 그건 기호가 아닌 기억의 문제였다. 그리고 마침내 알게 된 건 자신이 가장 좋아하는 시간이었다. 산책 뒤 집에서 같이 요리를 만들어 먹는 저녁. 나란히 걸으며 메뉴를 정하고 마트에서 필요한 식자재를 사 와 재료를 하나씩 다듬고 무치고 볶아서 그릇에 담은 뒤 마주 보고 앉아 천천히 먹는 행위를 통해 포만감을 느꼈다. 정희의 죽음 이후 영원히 느낄 수 없으리라고 생각한 감정이었기에 더 깊게 사무쳤다. 오래 기다렸다. 줄곧 이렇게 사랑을 주고 사랑을 받고 싶었다. 아끼고 신뢰하면서, 가까운 곳에 머물며 다정하고 애틋하게.

봄과 여름, 가을이 지나고 다시 겨울이 왔지만 변한 건 없었다. 여전히 사랑했고 아직도 그리웠다. 그러던 어느 날이었다. 자주 찾아가던 식당에서 힐끔거리는 시선을 발견했다. 휴대전화 카메라 플래시가 설희와 이수혁이 앉은 테이블 쪽을 향해 깜빡이는 것 같았다. 설희는 착각일지도 모른다고 생각했다. 시선을 슬쩍 돌릴 때마다 렌즈가 보이는 건 우연이었겠지. 설희는 화장실에 다녀오면서 내내 신경 쓰였던 테이블을 확인했다. 남자 혼자 앉은 테이블이었다. 남자는 설희의 시선을 외면하는 대신 엷은 미소를 지었다. 더는 모른 척할 수 없었다. 의자를 박차고 나가려던 설희를 이수혁이 막아 세웠다.

"저 사람, 맞지?"

이수혁은 짚이는 게 있다는 듯 자신에게 맡기라고 했다. 그는 남자가 앉은 자리로 걸어갔다. 이수혁이 말을 건네자 욕설을 내뱉는 남자의 입 모양이 보였다. 이수혁은 물러서지 않고 휴대전화를 확인하고 싶다고 말했고 남자는 거부하지 않았다. 휴대전화 화면을 여러 번 쓸어 올리던 이수혁은 남자에게 고개 숙여 사과한 후 돌아왔다.

"음식 사진뿐이더라고."

이수혁은 충분히 의심할 만했다면서 자신도 그 테이블이 신경 쓰였다고 말했다. 이튿날에도 비슷한 일이 있었다. 설희가 이수혁과 함께 장을 보기 위해 마트에서 만난 날, 주차장에서부터 따라붙는 남자가 있었다. 남자는 검정 야구 모자를 쓰고 있었다. 하관에 드리운 그늘에 눈길을 주자 그는 등을 보이고 사라졌다.

"왜? 누가 있었어?"

이수혁은 쇼핑몰 통로 끝에 머무른 설희의 시선을 확인하고 물었다. 설희는 그 남자가 저기 서 있었다고 말했다. 이수혁은 설희의 시선이 머문 곳을 훑고 돌아와 남자를 찾지 못했다고 했다.

열흘이 지나 그 남자를 다시 봤을 때, 그는 이수혁과 함께 있었다. 설희는 약속 장소에 조금 일찍 도착해 그들을 봤다. 카페 전면 유리창을 통해 둘이 앉은 자리를 지켜보면서 출입문을 향해 걸었다. 맞은편 자리에 앉은 남자는 미소를 머금었고 이수혁은 굳은 표정으로 남자를 바라봤다. 화가 난 듯 보였다. 설희는 한 걸음 떨어져 좀 더 지켜보면서 말을 골랐다. 문을 열고 들어서서 이수혁의 자리를 확인했을 때 남자는 이미 자리를 비운 뒤였다.

"누구, 만났어?"

설희는 주변을 살피며 앉았다.

**당신에게 죽음을**

"아니야. 아무것도."

"아니긴…. 그때 그 사람 아니야?"

설희는 화를 내고 싶지 않았다. 의심으로 시작해 거짓으로 향하는 굴레에 갇히긴 싫었다. 그가 솔직하게 말하길 바랐다. 이수혁은 앞에 놓인 커피를 연거푸 마셨다. 굳은 얼굴은 이내 어둠에 잠겼다.

"그 사람이 시켰나 봐."

이수혁은 전처에 대해 말했다. 그 사람은 계속 자신에게 집착했고 최근에도 술에 취해 연락을 해 왔다고 했다. 협의이혼을 포기하고 소송을 준비해야 할 거 같다고 말했다. 그러고는 어떤 식으로든 연락이 온다면 모른 체하라고 조언했다. 설희는 조용히 분노했다.

"그래서 그 남자가 우리를 감시했다는 거야?"

이수혁이 고개를 끄덕였다.

"유책배우자든 뭐든, 난 관심 없어. 이미 끝났잖아. 그건 미련도, 집착도 아니야. 폭력이지."

분노의 절반쯤은 이수혁을 향해 있다는 걸 숨기지 않았다. 약속은 지켜지지 않았다.

"당신… 정말 끝난 게 맞기나 해?"

이수혁은 미안하다는 말 외에는 아무 말도 하지 않았다. 입을 달싹거리다가 한숨을 내쉬었다. 설희는 뭐라도 말해 보라고 다그치고 싶었지만 그에게서 들을 수 있는 말이라곤 지켜지지 않을 약속뿐일까 봐 침묵을 택했다. 관계가 끝날 수도 있다는 생각이 머릿속에 맴돌았다. 이수혁의 얼굴에 드리운 그늘을 봤다. 손을 뻗으면 닿을 것만 같았는데 만질 수 없었다. 설희의 집에서 저녁을 먹으려던 계획은 취소됐고 이수혁은 학교로 돌아갔다.

"확실히 끝내고 와."

설희는 말했고 이수혁은 고개를 끄덕였다. 그에게 시간이 필요하다는 걸 알았다. 그리 긴 시간이 아니길 바랐다. 그 시간이 지나면 온기 가득한 숨결을 나눌 수 있으리라 기대했다. 닷새나 일주일 혹은 그 이상이 걸릴지도 몰랐다.

도서관에서 그 남자를 본 건 이수혁을 기다리기 시작한 지 나흘째 되던 날이었다. 카페에서 이수혁 앞에 앉았던 남자였다. 야구 모자와 마스크 사이로 보이는 눈매가 낯설지 않았다. 그는 문헌정보실 서가를 서성였다. '100 철학'부터 '900 역사'까지 구석구석 돌아다녔다. 처음엔 감시라고 생각했으나 남자가 서가에 머무는 시간이 길어질수록 경고처럼 느껴졌다. 설희는 남자를 쫓아내고 싶었지만 용기가 나지 않았다. 폐관을 알리는 방송이 나오고 이용자들이 하나둘 밖으로 빠져나가자 남자도 걸음을 옮겼다. 설희는 그의 뒤를 따라붙었다. 텅 빈 로비에 남자와 설희의 발걸음 소리만 이어졌다. 그가 출입문을 열기 직전에 설희가 말했다.

"그 사람이 시켰나요?"

남자가 잠시 멈춰 섰으나 돌아보진 않았다.

"계속 따라다니면 경찰에 신고할 거예요."

설희는 한 걸음 더 다가가 조용히 그러나 분명하게 말했다. 남자는 고개를 끄덕이는 것처럼 45도 각도로 숙인 뒤에 다시 걸어갔다. 출입문이 열리고 차가운 바람이 쏟아져 들어왔다. 온몸이 떨렸다. 분노일까, 두려움일까. 설희는 일순 찾아든 감정에 몸서리치며 벽에 기대어 섰다. 남자가 시야 밖으로 사라진 뒤 이수혁에게 전화를 걸었다. 신호만 울릴 뿐 그는 받지 않았다.

찻물을 올렸다. 휴대전화를 꺼내 대화창을 띄워 두고 메시지를 남기려던 참이었다. 포장을 뜯어 꺼낸 티백을 머그잔에 걸쳐 두고 전기포트 속 물이 끓어오르기를 기다렸다. '어제 도서관에 그 남자가 왔었어'까지 적었을 때 물이 끓었다. 머그잔에 물을 따르는데 대화창에 상대방이 문자를 입력할 때 표시되는 말줄임표가 떠올랐다. 전기포트를 놓고 휴대전화를 손에 쥐자 입력 표시는 사라졌다. 뭘 망설이는 걸까. 이번에도 내가 먼저 말하길 기다리는 걸까. 설희는 다시 전기포트를 들어 찻잔을 채웠다.

그리고 몇 분 뒤 메시지가 왔다. 안부를 묻는다거나 사과를 한다거나 이혼 절차를 매듭지었음을 전하는 내용이 아니었다. 이수혁, 본인의 부고였다. 보낸 이는 이수혁의 휴대전화에 저장된 모든 번호에 보내는 메시지라며 장례 일정과 빈소 위치를 알려 왔다. 유가족은 이수혁의 아내, 오은수였다.

설희는 메시지를 다시 읽은 뒤 전화를 걸었다. 어제와 마찬가지로 신호만 울렸다. 이수혁의 목소리는 들리지 않았다. 작성 중이던 메시지를 지우고 찻잔 속 수면을 내려다보았다. 숨결에 떠밀려 고요히 흔들렸다. 믿기지 않았다. 대체 무슨 일이 있었던 걸까. 부고를 읽고 또 읽었다. 이수혁이 죽었다는 사실 외에는 그 어느 것도 설명하지 못하는 글자들을 멍하니 응시하다가 옷장을 열었다. 검정 블라우스를 움켜쥔 손이 떨렸다. 할 수 있는 일이 없었다. 연락할 사람도 없었다. 사랑은 두 사람의 것이었으나 죽음은 달랐다.

\*

영정 속 이수혁은 어색하게 웃고 있었다. 몇 년 전 사진일까. 긴장한 모습이 역력했다. 설희는 조문 차례를 기다리며 빈소를 살폈다. 상주 자리에 오은수가 서 있었다. 그녀는 충혈된 눈으로 초점 없이 정면을 응시하면서 다가오는 손길과 눈길에 재빨리 반응

**당신에게 죽음을**

했다. 이수혁의 영정을 볼 때면 마른 입술 끝이 미세하게 떨렸다. 설희는 이수혁이 그녀에 대해 했던 말을 떠올렸다. 오은수는 무대 위에 선 배우 같았다. 이수혁이 죽은 뒤에도 그의 옆을 차지한 채 슬퍼하는 몸짓이 거짓처럼 보여서가 아니라 무척이나 진짜 같아 보였기 때문이다. 이미 끝난 사이를 틀어쥐고 이수혁을 놔주지 않은 사람, 제삼자를 통해 이수혁과 설희의 관계를 추궁하던 사람. 그게 끝일까? 그게 전부였을까? 누구에게도 물을 수 없었다. 검은 옷을 입고 슬픔에 잠긴 오은수를 상상해 본 적 없었다.

설희는 헌화대에 국화를 놓고 이수혁과 눈을 마주쳤다. 눈물을 참기 위해 부지런히 생각을 옮겼다. 절을 하고 오은수를 향해 고개를 숙였다. 어떻게 왔느냐고 물으면 답할 말을 떠올렸다. 고개를 들었다. 설희가 먼저, 그다음이 오은수였다. 두 사람의 눈빛이 교차했다. 설희는 오은수의 얼굴을 끈질기게 들여다봤다. 눈 밑과 광대뼈 사이의 주근깨는 일부러 찍은 것 같았다. 정돈되지 않은 머리카락과 아래로 향한 입꼬리, 핏기 잃은 입술과 푸석한 피부에도 불구하고 생기가 느껴졌다. 눈빛 때문일까. 조금씩 흔들리는 두 눈은 어둡고 깊었다. 눈빛이 오가는 동안 오은수는 무대 위에서 내려서지 않았다.

"와 주셔서 감사합니다."

그녀가 말했다.

설희는 아무 말도 하지 못했다. 대신 다물린 입술 사이로 새어 나온 숨이 툭툭 끊겼다.

조문객은 끊이지 않았다. 누군가 설희를 향해 팔을 내뻗었다. 빳빳한 옷소매가 스치자 소름이 끼쳤다. 하마터면 소리를 지를 뻔했다. 상조회사 직원이었다. 그는 빈소 옆 접객실로 설희를 안내했고 오은수는 또 다른 조문객을 맞았다.

혼자 자리를 잡은 설희는 음식을 앞에 두고 수저를 들었다. 곳곳에서 대화 소리가 이어졌다. 설희는 간혹 젓가락을 들고 앞에 놓인 음식을 헤집으며 오가는 이들을 힐끔거렸다. 이수혁이 죽은 이유를 듣기 위해서 어떻게든 자리를 지키고 있을 생각이었다. 여전히 이름 모를 연극 속에 들어선 듯 비현실적이었다. 이 무대 위에는 설희 몫의 대사도 지문도 없었다.

바로 옆에서 어린이자료실 담당자 이지수와 3층에서 근무하는 고수정의 목소리가 들렸다.

"어머, 설희 씨, 언제 왔어?"
"오셨어요?"

설희는 고개를 숙이며 인사하고 그들이 앉기를 기다렸다.

"얘기하지. 왜 같이 오지 않고."
"혼자 왔어?"

**당신에게 죽음을**

이지수와 고수정이 차례로 말했다.

"오늘 쉬는 날이어서요." 상조회사 직원이 음식을 내려놓기를 기다렸다가 말을 이었다. "어떻게 오셨어요? 어디서 들으시고."

"어디서 들었긴. 강연할 때 한 번 봤나? 정완 씨랑 설희 씨가 담당이었지?"

설희는 고개를 끄덕였다.

"관장님한테 연락이 왔는데, 젊은 나이에 안됐다고 가 보라고 성화여서."

편육 위에 새우젓을 올리며 이지수가 말했다. 설희는 대꾸하지 않고 편육이 이지수의 입 속으로 들어가는 걸 멍하니 지켜봤다.

"설희 씨, 아무것도 모르는구나?"
"네?"

이지수와 고수정이 눈빛을 나누고 나서 한 톤 낮춰 말을 이었다. 장례식장은 어수선했기에 목소리는 테이블 밖을 벗어나지 않았다.

"베란다에서 떨어졌대."
"누가요?"
"누구긴."

고수정의 시선이 빈소 쪽으로 쏠렸다. 이수혁의 영정 양옆에 도열한 국화가 그새 시들어 버린 것 같왔다.

"관장님이 같은 아파트에 살거든. 엊그제 아침에 출근하자마자 어쩌나 말이 많으시던지…." 고수정이 설희 쪽으로 몸을 돌려 귓속말하듯이 말했다. "남자가 우울증이 심했다더라, 여자가 바람을 피웠다더라, 또 뭐였더라…. 하여튼 경찰차가 그 집으로 몇 번이나 드나들었다니까, 오죽하겠어?"

"그때까지만 해도 떨어진 사람이 누군진 몰랐지."
"관장님이 부고 받고 뭔가 찜찜하더래. 혹시나 해서 이력서를 들춰 봤는데, 같은 아파트에 살았던 거야. 이 사람이구나. 이 사람이 떨어졌구나. 그러고 보니 왠지 어두워 보였다나. 소름 아니니?"

고수정과 이지수는 서로 말을 이어 받으며 관장이 들려준 이야기를 전했다.

"그러면 왜 돌아가셨는지… 들으셨어요?"

설희가 말하는 도중 목소리를 가다듬고 물었다.

"그거 때문이잖아, 그거."
"그거요?"

"떨어진 건 엊그젠데, 장례식은 오늘이야. 왜겠어?" 고수정이 고개를 설희 쪽으로 돌리고 말했다. "경찰 수사를 받았대. 부검도 했고."

"누가요?"

**당신에게 죽음을**

고수정은 다시 빈소를 바라봤다.

"남편이 죽으면 배우자가 용의선상에 오르잖아. 그거지, 뭐."
"남편이 죽었는데, 고생했지."

이지수가 고수정의 말을 막으며 말했다.

"그럼, 범인은요?"

설희가 고수정을 향해 물었다.

"아유, 범인은 무슨 범인이야. 그런 게 있었으면, 장례식을 하나. 못 하지."
"우울증이 이렇게 무서워."
"설희 씨는 어때? 괜찮지?"

고수정이 태연히 질문을 쏟아 내자 이지수가 고수정 밥 위에 호박전을 올려놓고 얼른 먹으라며 채근했다.

"에이, 우리 사이에 뭐 어때. 그게 감출 일인가. 나는 작년에 치질 수술했다, 왜. 치질로 죽은 사람이 얼마나 많은데."
"그러고 보니 설희 씨는 좀 친하지 않았나? 이 교수랑."

이지수가 서둘러 말을 꺼냈다.

설희는 바로 답하지 못했다. 고개를 젓지도 끄덕이지도 않은 채 향냄새와 음식 냄새가 뒤섞인 낯선 공기를 조용히 들이마셨다.

"무슨. 설희 씨가 아니라, 정완 씨랑 친했지. 그 프로그램 기획도 정완 씨가 한 거잖아. 설희 씨 복직하기 전이었을걸?"

고수정이 이지수의 말을 바로잡듯 말했다. 설희는 말을 보태는 대신 고개를 아래로 한 번 가볍게 움직였다.

설희는 이지수와 고수정의 식사가 끝나기를 기다렸다. 접객실 안이 조문객으로 차기 시작했다. 삼삼오오 자리에 앉은 조문객들은 심각해 보였지만 얼굴 가득 미소를 띠기도 했다. 엄숙한 얼굴을 만나면 그들이 이수혁의 죽음에 대해 알고 있을 것만 같은 느낌이 들었다. 그들의 표정을 통해 설희는 이수혁의 부재를 점차 실감했다.

"안돼 보이긴 하네. 유가족이 혼잔가?"

밥공기를 비운 고수정이 물 한 모금을 오래 머금었다가 삼키며 중얼거리듯 물었다.

"경찰 조사 받고, 장례 준비하고. 잠이나 편히 잤겠어?"
"괜히 애먼 사람만 붙잡았네."
"경찰 하는 일이 그렇지 뭐."
"그나저나 지난번에 화장실 카메라 말인데, 아직 못 잡았지?"

**당신에게 죽음을**

이지수가 고수정을 향해 작은 목소리로 물었다.

"경찰 연락만 기다리고 있다던데?"

"카메라요?"

설희도 고수정을 바라보며 물었다.

"몰라? 그러니까 설희 씨, 점심 좀 같이 먹자니까."

"3층 여자 화장실." 이지수가 고수정 대신 답했다. "거기서 카메라가 나왔어."

"경찰이 보름치 CCTV 확인했는데, 거기선 또 나온 게 없대."

"그럼 우리 중에 범인이 있다는 거야 뭐야."

"아니, 범인이 분장을 한 거지. 감쪽같이."

"그 사람 아닐까?"

"누구?"

"며칠 전에 2층 디지털자료실에 나타난 새로운 변태 있잖아."

"뭐라고 했댔지?"

"안내 데스크로 와서 성인… 아니지, 포르노 사이트에 접속이 안 된다며 따지더래."

"자기야. 그거랑 이거는 분야가 다르지."

"다르긴 뭐가 달라. 그렇게 대놓고 보다가 나도 만들어 볼까 생각했겠지."

설희는 두 사람의 대화에 적당히 귀 기울이며 계속해서 빈소를 살폈다. 여전히 오은수에게 책임을 묻고 싶었다. 이수혁이 본인의 의지로 떨어졌다고 해도 그를 벼랑 끝으로 몰아세운 사람은 당신이라고 말이다. 낯익은 얼굴이 시선을 붙든 건 그때였다. 김정완이 복도 끝에서 천천히 걸어오고 있었다.

"저기, 정완 씨 아니야?"

"응, 맞네. 옮긴 데가 여기서 멀 텐데. 벌써 왔네."

이지수가 먼저 알아보고 고수정이 확인했다. 김정완은 울고 있었다. 멀리서도 두 눈이 붉게 달아오른 게 보였다. 영정 앞에서는 흐느껴 울기까지 했다.

"아이고, 소문이 맞나 보네."

"소문?"

"우리 도서관 말고, 이전에 있었던 데. 거기서 둘이 데이트하는 걸 봤대."

"이 교수랑?"

고수정은 고개를 끄덕였다.

"그건 아닐 거예요. 정완 씨가 공사 구분이 얼마나 철저한 사람인데…."

설희가 김정완에게서 시선을 거두고 고수정을 향해 말했다.

"설희 씨가 뭘 모르네. 원래 그런 사람이 한번 빠지면 더 물불 못 가리는 거야. 불륜 저지르는 사람들이 그런 걸 따질 거 같아?"

"그래도 설희 씨는 정완 씨랑 친했으니까…."

**당신에게 죽음을**

이지수가 고수정의 어깨에 손을 가져다 대며 말했다.

"무섭지도 않나 봐." 고수정이 고개를 쭉 빼고 빈소 쪽을 바라보며 계속 말했다. "젊어서 그런가. 겁도 없어요."

김정완은 빈소와 접객실 사이 복도에 서 있었다. 눈물이 멈추지 않는지 계속 어깨를 들썩였다. 마침내 빈소로 들어간 그녀는 헌화를 하고 오은수와 마주 섰다. 오은수는 김정완에게 휴지를 건네며 귓속말을 하고 한 걸음 물러나 상주석으로 돌아갔다. 김정완은 잠시 그대로 멈춰 있었다. 상조회사 직원이 부축하듯 돌려세운 뒤에야 빈소를 빠져나왔다. 그 순간 설희와 눈이 마주쳤지만 김정완은 눈짓하지 않았다. 그녀는 접객실에 들어서지 않고 황급히 발길을 돌렸다. 오은수는 김정완에게 무슨 말을 했을까. 감사하다는 말에 저렇게 얼어붙을 리 없었다.

"아이고, 그냥 가네."
"전화해 볼까? 그래도 봤다고 인사는 해야지."
"놔둬. 뭔 전화야."
"하긴, 자리가 불편하긴 하겠지."

이지수와 고수정은 김정완에 관한 말을 주고받았다. 설희는 더 이상 말을 보태지 않다가 먼저 자리에서 일어섰다. 두 사람도 바쁘다며 따라나섰다.

설희는 이지수와 고수정을 앞세우고 장례식장을 빠져나오다가 빈소로 시선을 돌렸다. 조문객과 인사를 나누던 오은수와 눈이 마주쳤다. 뒤엉킨 시선이 쉽사리 풀리지 않았다. 그 눈빛은 생기가 아니라 살기에 가까웠다. 맞은편에서 걸어오던 남자와 어깨를 부딪치고서야 설희가 먼저 시선을 뗐다. 사과 없이 접객실로 들어가는 남자를 바라봤다. 검정 야구 모자가 낯설지 않았다. 남자가 접객실 안쪽으로 사라지고 이지수가 자신을 부를 때까지 설희는 그 자리에 멈춰 서 있었다.

"왜? 정완 씨 때문에 그래?"

"아니요."

"허망하지만 어쩌겠어. 갈 사람은 가고 살 사람은 또 사는 거지."

이지수는 설희의 안색을 살피며 등을 손바닥으로 쓸듯 두드려 주었다.

설희는 화장실에 간 고수정을 기다리는 동안 이지수에게 관장이 사는 아파트가 어디인지 물었다.

"이사 생각 중인데 알아 둬야 할 거 같아서요."

*

김정완은 왜 그렇게 슬퍼했을까. 오은수에게 무슨 말을 들었기에 그냥 가 버렸을까. 고수정과 이지

**당신에게 죽음을**

수가 말한 이유 때문일 리는 없었다. 데이트 목격담은 떠들어 대기 좋아하는 사람들이 과장하거나 부풀려서 만들어 내는 이야기일 따름이었다. 비혼 여성은 제일 쉬운 먹잇감이었다. 당장 설희가 휴직할 때도 파혼이니, 실연이니 억측을 하던 사람들이 있었다. 김정완은 가정의 달을 맞아 큐레이션 서가를 꾸미면서 눈시울을 붉힐 만큼 정이 많고 여린 사람이었다. 악성 민원인이 들어서면 앞장서서 대처했지만 그들을 돌려보내고 나면 직원 휴게실이나 옥상에서 울음을 터트리는 걸 몇 번 목격한 적이 있다. 김정완은 마음을 스스로 추스르는 것까지 자신의 일이라고 생각하는 것 같았다. 그녀는 자신의 감정을 받아들이는 데 최선을 다하는 사람이었다. 그런 그녀가 설희의 눈빛을 피한 것이 못내 마음에 걸렸다. 그곳에서 울어야 할 사람은 설희 자신이었다. 고수정의 말을 막았어야 했을까. 만약 그랬다면 불륜녀라는 타이틀은 자신이 짊어지게 되는 걸까. 설희는 아파트 지상 주차장에 차를 세우고 곧게 뻗은 아파트를 올려다보며 생각했다. 장례식장에서 출발할 때만 해도 이수혁의 마지막 장소를 당장 두 눈으로 직접 확인하고 싶었는데 막상 목적지에 도착하자 발걸음이 떨어지지 않았다. 검붉은 핏자국과 시신의 윤곽을 표시한 흰색 페인트, 노란 폴리스 라인을 떠올리는 것만으로도 가슴이 두근거렸다. 걸음을 옮기는 대신 휴대전화에 남은 이수혁의 흔적을 살폈다. 연애 전엔 안부가 담긴 긴 메시지를 몇 차례 주고받았지만 점차 메시지보단 전화로, 전화를 하기보단 얼굴을 마주 보고 이야기를 나누는 날이 늘었기에 휴대전화 속에 남은 이수혁의 자취는 메시지 몇 줄, 사진 몇 장이 전부였다.

그보단 더 많은 것이 이수혁의 인스타그램에 있었다. 그가 자신의 계정을 말해 준 적은 없었다. 설희도 묻지 않았다. 다른 도서관의 프로그램을 조사하다가 우연히 알게 되었다. 첫 번째 피드가 올라온 날은 연애가 시작되고 몇 주가 지난 뒤였다. 처음엔 《악인과 광인》의 후속 편을 준비하는 게 아닐까 생각했다. 그는 책 표지와 그림, 영화 포스터를 게시하고 간단한 감상을 달았다. 참고 작품의 목록을 만드는 걸까. 그 가운데에는 함께 본 영화나 감상을 나눴던 책도 있었다. 설희는 하트를 누르려다가 그만두었다. 이수혁은 댓글창을 막아 두었고 그 누구도 팔로우하지 않았다. 관람객을 받지 않는 전시회에 굳이 찾아가 존재감을 드러내고 싶진 않았다. 그곳에서 이수혁은 평소와 다른 모습을 보였다. 자신이 수집한 인물과 이야기를 염세적인 시선으로 관망했다. 가끔 그의 기계적인 대답에서 느껴지던 위화감의 이유가 피드를 통해 설명되는 것 같았다. 그 시선이 보다 이수혁답다고 느꼈다. 그래서 사소한 의견 충돌이 생기거나 긴 시간 연락을 주고받지 못할 때 인스타그램을 확인했고 그의 안부를 추출하며 그의 내면을 짐작했다. 설희가 내놓지 못한 비밀에 비하면 이수혁의 비밀은 투명하게 관리되고 있던 셈이다. 설희는 인스타그램에 접속해 이수혁의 계정으로 들어갔다. 이수혁의 게시물이 어두워지는 경향이 점점 심해지고 있었다는 걸, 그건 특정 이야기에 관한 감상이 아니라 본인이 처한 위기의 표현이라는 걸 스크롤을 내리며 차츰 깨달았다. 막다른 상황에 놓인 인물은 영화나 소설 속 캐릭터가 아닌 이수혁이었다. 곁에 있을 땐 왜 알지 못했을까. 답을 알고 나니 선명하게 보이는 단서들이 하나둘 정체를 드러냈다.

마지막 피드에는 암흑이 가득했다. 빛 한 점 없이 캄캄한 하늘을 찍은 사진이었다. 설희는 휴대전화에서 눈을 떼고 운전석 창문을 절반쯤 열었다. 눈앞의 세상은 여전히 어두웠다. 찬 공기가 서서히 들어찼다. 자책으로 일그러졌던 자리에 긴 끈을 들고 나타난 이가 있었다. 오은수였다. 오은수가 붙잡고 있던 끈. 이수혁은 그 끈을 끊으려고 했다. 설희는 정말로 끝난 게 맞긴 하냐고 물었던 순간을 떠올렸다. 이수혁이 기숙사에 가지 않고 아파트를 찾은 것은 그 때문일 것이다. 그러니 극단적인 선택을 한 사람은 이수혁이 아니라 오은수가 아닐까. 설희는 밀어두었던 상상을 거침없이 끌고 갔다. 그 끈으로 오은수가 이수혁의 목을 조르진 않았을까. 이제 정말 끝내자는 말에 오은수가 이수혁을 베란다 밖으로 밀었다면…. 경찰도 그 가능성을 수사했을 것이다. 어떤 문답이 오갔을까. 진실은 밝혀진 걸까. 지나간 일에 대한 질문을 연쇄적으로 떠올리고 있을 때 누군가 운전석 창문을 두드렸다. 장갑을 낀 손등이 보였다. 설희는 흠칫 놀랐다. 눈길이 닿은 곳에는 경비원 제복 차림에 머리카락이 하얗게 센 남자가 서 있었다.

"방문 차량이신가? 어떻게 오셨을까?"

창문을 마저 내리자 경비원이 말했다.

"며칠 전에 여기에서 아는 분이 돌아가셔서요."
"근데요?"

경비원은 몹시 피곤해 보였으나 시큰둥한 목소리에 힘이 실려 있었다.

"장례식장 다녀오는 길에 기도를 좀 드리고 싶어서요."
"성함이?"
"정정희요."

설희는 언니의 이름을 댔다.

"아니, 본인 말고. 돌아가신 분이요."
"수혁이에요. 이수혁."

경비원은 잠시 허리를 펴고 초소 쪽을 바라봤다.

"이 선생님 동료분이면 대학에서 오셨을까?"

**당신에게 죽음을**

경비원이 물었다.

"네."

"나도 금방 다녀왔어요. 참 안됐습니다."

"잘 아시나 봐요?"

"알고 자시고 할 게 뭐 있나. 내가 여기서 일한 지 10년이 넘었거든. 두 내외가 여기 오래 사셨으니, 오다가다 봤죠. 인사나 좀 하고. 아시겠지만 두 사람 사이가 살뜰하고 정다워 보였는데."

"그게 언제였죠?"

설희는 운전석 문을 열고 나와 물었다.

경비원이 옆으로 비켜서서 문이 닫히기를 기다린 뒤 대답했다. "언제고 자시고, 거의 매일이지 뭐."

"놀라셨겠네요."

정말 놀란 쪽은 설희였다. 이수혁이 기숙사에서 혼자 지낸다는 건 거짓말이었다.

"놀랐지. 경찰이 찾아와서 내가 다 얘기하고…" 경비원은 주변을 두리번거리더니 낮은 목소리로 말을 이었다. "내가 그날 112에 신고를 했거든."

"큰일 하셨네요."

"큰일이고 뭐고…. 근데, 지금은 뭐 볼 게 없을 건데. 경찰이 어제 다 수거하고 청소업체도 아침에 다녀가고. 화단 안쪽에 국화 하나 놔뒀지."

"그냥 기도만 하고 가고 싶은데… 거기가 어디죠?"

"저기, 307동. 1, 2호 라인 출입구 옆에 벚꽃나무가 있는데 그 옆이에요. 1층 양반이 며칠 고생하고 있으니까… 조용히, 무슨 뜻인지 알죠?"

설희는 인도를 따라 걷기 시작했다. 경비원 말대로 현장에 남은 흔적이라곤 안쪽 화단에 놓인 국화한 송이가 전부였다. 출입구를 비추는 가로등 불빛이 인도까지 흘러들었다. 설희는 보도블록 위에 서서 고개를 젖히고 아파트 꼭대기 층을 바라보았다. 누군가 창문을 열고 고개를 내밀어도 보이지 않을 것처럼 아득하게 느껴졌다.

설희는 날이 밝도록 침대 위에서 뒤척였다. 잠을 이루지 못했다. 새로운 질문이 머릿속에서 떠나지 않았다. 이수혁은 왜 별거 중이라고 했을까. 이혼을 앞두고 있다는 말도 실은 거짓말이었을까. 그렇게 사람을 가지고 놀았으면서 왜 그런 선택을 한 거지. 내가 이수혁을 난간으로 몰아세운 걸까. 나는 그 사람의 무얼 사랑한 걸까. 설희는 깊은 암흑 속에서 배신과 자책으로 허우적대다가 몸을 일으켰다. 오전 7시, 발인이 끝났을 시간이었다. 찻물을 올렸다. 포장을 뜯어 꺼낸 티백을 머그잔에 걸쳐 두고 전기포트속 물이 끓어오르기를 기다렸다. 무언가 놓치고 있는 건 아닐까, 불안했다. 10부터 거꾸로 숫자를 셌

**당신에게 죽음을**

다. 숫자가 1까지 줄어들고 0에 다다르면 평온을 찾을 수 있다는 상담가의 조언은 이번에도 틀렸다.

불안에서 벗어나려고 하지 말아요. 마음이 잔잔한 파도라고 생각해 봐요. 불안을 타고 서핑을 하는 거죠. 다른 상담가의 말도 도움이 되지 않았다. 확실한 건 이수혁은 이제 이곳에 없다는 사실이었다. 소중한 사람을 또 잃고 싶지 않다는 바람은 이루어지지 않았다. 설희는 서재 앞을 서성이는 이수혁의 모습을 머릿속으로 그려 보려 했지만 잘되지 않았다. 얼굴은 금세 흐릿해졌고 목소리는 조각났다. 그는 누구일까. 용서도, 원망도 닿을 수 없는 곳에 그 사람을 사랑했다는 사실만 남았다. 지난 며칠간 도서관에서, 거리에서, 장례식장에서 지나쳤던 이들의 모습을 떠올렸다. 감시하고 의심하는 사람들의 얼굴이 선명했다. 그들의 움직임이 빨라질수록 호흡이 거칠어졌다. 불안이 몸집을 부풀리고 설희를 향해 다가섰다. 그때였다. 누군가가 현관문을 쾅쾅 두드렸다. 식탁 위에 앉아 있던 물루가 꼬리를 키운 채로 몸을 낮추고 황급히 침실로 뛰어 들어갔다. 인터폰 화면이 자동으로 켜졌지만 초인종이 울리진 않았다. 반사적으로 인터폰에서 한 발 물러나 화면을 봤다. 택배였다. 택배 기사가 어른거리다가 사라졌다. 심장이 빠르게 뛰었다. 파도를 타고 밀려온 것은 끔찍한 옛 기억이었다. 부엌 찬장에 있던 약상자를 열었다. 혈압 상승을 막아 주는 인데놀이 네 알 남아 있었다. 한 알을 입 안에 털어 넣고 물과 함께 삼킨 다음 눈을 감았다. 숨을 천천히 들이쉬고 내쉬면서 다시 거꾸로 숫자를 셌다. 기억이 빠르게 과거로 내달렸다. 10년도 더 된 기억이었다.

정희의 작업이 바쁘게 돌아가는 시즌이면 퀵서비스 배달원의 방문이 잦아졌는데 그날도 여느 날과 다르지 않았다. 담장 밖에서 들려오던 오토바이 소리가 멈추고 초인종이 울렸다. 이어서 정희를 부르는 남자의 목소리가 들렸다. 집에 있던 설희는 밤새워 일하고 아침에 잠든 정희가 깰까 봐 얼른 나가 문을 열었다.

문 앞에 헬멧을 쓴 남자가 서 있었다. 남자를 향해 팔을 뻗었다. 정확히는 남자가 들고 있던 종이 가방을 향해서였다. 종이 가방을 던져 버리고 설희의 팔을 잡아챈 남자가 현관까지 밀고 들어왔다. 순식간이었다. 이어서 가늘고 뾰족한 무언가가 설희의 턱밑을 겨눴다. 남자의 다른 한 손이 설희의 입을 막았다. 설희는 종이 가방에 들어 있는 물건을 확인했다. 여분의 칼과 산악용 로프였다. 남자는 현관문을 닫고 다시 정희를 불렀다.

"정정희 씨!"

침실에서 나온 정희가 설희를 바라보고 선 채로 얼어붙었다. 남자가 설희를 벽 쪽으로 밀치고 정희에게 달려들었다. 이 대목에서 기억은 제대로 작동하지 못해 수명을 다한 등처럼 깜빡였다. 몇 차례 섬광이 지나갔다. 집 안은 핏빛으로 물들었고 검붉은 배경 속에 도망가라는 정희의 외침만 남았다. 설희는 움직일 수도, 소리를 지를 수도 없었다. 남자가 쓰러진 설희에게 다가섰다. 헬멧 속 얼굴은 보이지 않았다. 대신 실드에 설희 자신의 얼굴이 비쳐 보였다. 서서히 목이 죄어드는 감각에 설희는 꿈을 꾸고 있었다는 걸 깨달았다.

숨이 턱턱 막혔다. 언제 잠이 들었을까. 가슴 위에서 물루가 둥글게 몸을 만 채 자고 있었다. 눈이 마주치자 자리에서 일어나 뒷발을 달싹거린 뒤 중심을 잡고 앞발로 꾹꾹이를 시작했다. 목과 가슴 사이를 누를 때마다 튀어나온 발톱이 살갗에 닿아 따끔했다. 이건 참을 수 있었다. 그 악몽을 꾸면, 이후 실제로 겪어야 했던 일을 떠올리는 게 늘 힘들었다. 그들의 악행은 꿈에 나오지 않았으니까.

정희를 죽인 범인은 그날 밤에 검거됐다. 남자는 범행을 부인하다가 이틀 만에 자백했다. 그는 정희의 옛 회사 동료이자 헤어진 남자 친구였다. 정희가 속한 팀의 3년 차 대리였던 그는 결별 후 정희에 관한 거짓 소문을 만들어 냈다. 원나잇을 즐기며 동료들의 험담을 일삼는 신입 사원이라고. 그는 정희에게 자신을 다시 만나지 않으면 몰래 찍어 둔 사진과 영상을 뿌리겠다고 협박했다. 정희는 자신을 두고 수군거리며 눈짓을 주고받는 이들에게 대체 내가 뭘 잘못했느냐고 묻고 싶었지만 자신의 말을 들으려는 사람도, 돌아가는 상황을 알려 주려는 사람도 없었다고 했다. 정희는 회사를 그만뒀다. 뒤늦게 사측에서 남자를 해고했지만 달라지는 건 없었다. 이후에도 남자는 연락하기를 멈추지 않았다. 그러다가 정희와 설희가 살던 집으로 들이닥친 것이었다.

남자는 살해할 의도가 없었으며 계획범죄는 더더욱 아니라고 잡아뗐다. 살인이 아니라 우발적 사고라며 재판정에서 잘못을 빌었다. 그는 여전히 정희를 사랑한다고 했다. 판사에게 수십 장의 반성문을 제출하고 여성단체에 후원금 정기 납부를 시작했다. '피고가 피해자 측과 원만히 합의에 이르진 못했으나 죄를 깊이 뉘우치고 있고 전문직에 종사하며 초범이라는 점을 감안하여….' 그는 1심에서 15년 형을, 2심에선 12년 형을 받았다. 설희는 기대를 버렸고 항소하지 않았다. 다른 방법이 필요했다.

\*

이튿날 때 이른 추위가 찾아왔다. 출근 전 옷장을 열어 코트를 꺼내면서 유독 추위를 탔던 이수혁을 떠올렸다. 눈물이 차올랐으나 바닥으로 떨어지진 않았다. 여기에 없어. 익숙해져야 해. 남은 감정은 한순간에 사라지지 않았다. 설희는 심호흡을 하고 목소리를 가다듬었다. 그러고 보니 물루가 보이

**당신에게 죽음을**

지 않았다. 침대 밑과 욕실, 캣 타워를 들여다봤지만 허사였다. 거실 창 앞에서 밖을 내다봤다. 사람도, 자동차도 모두 작고 희미했다. 이수혁이 마지막으로 본 풍경은 어땠을까. 침실에서 울음소리가 났다. 옷장 문을 열자 옷 속에 파묻힌 물루가 보였다. 꼼짝 않고 꼬리만 움직였다. 귀찮게 굴지 말라는 신호였다. 설희는 무릎을 굽히고 물루를 밖으로 꺼내려다가 옷장 안쪽 바닥에 떨어진 조끼를 보았다. 남색 패딩 조끼, 수혁의 옷이었다. 옷걸이에 걸려 있던 조끼가 물루 때문에 바닥으로 흘러내린 모양이었다. 설희는 조끼를 들어 심장 가까이 가져다 댔다. 코를 박고 냄새를 맡았다. 묵은내가 났다. 조끼를 쥔 손에 힘을 주자 부스럭거리는 소리가 났다. 주머니에 손을 넣었다. 프로폴리스 사탕 두 개와 손가락 한 마디 크기의 카드 키가 딸려 나왔다. 이수혁이 살던 아파트의 브랜드 로고가 그려진 카드 키였다. 설희는 카드 키를 손바닥 위에 올려 두고 한참을 바라보다 코트 안쪽 주머니에 넣었다. 사탕을 버리고 인데놀을 삼켰다.

도서관에서는 올겨울 들어 처음으로 히터를 가동했다. 설희는 무인 반납함에서 책을 꺼내 와 배가(配架) 업무를 진행했다. 전날이 휴관일이었던 터라 반납된 책이 많았다. 훼손된 흔적은 없는지 책장을 펼쳐 확인하고 도서명과 분류 기호를 중얼거리며 오와 열을 맞춰 책을 가지런히 정돈해 나가면서 주변을 살폈다. 큰 백팩을 메고 개관과 동시에 들어온 대학생이 고시 공부를 위한 테이블 세팅을 끝냈고, 에코백 가득 책을 대출해 반나절 동안 독파하곤 하는 중년 여성은 그날 읽을 책을 신중히 골랐다. 정오까지 모든 조간신문을 탐독하는 할아버지는 첫 번째 신문의 사설을 읽으며 인상을 구겼다. 여느 날 아침과 같은 풍경이었다. 낯선 남자를 발견하기 전까지는 그랬다. 주머니가 여러 개 달린 카고바지와 검정 티셔츠 차림에, 땀으로 얼룩진 베이지색 야구 모자를 쓴 중년의 남자였다. 안내 데스크에서 컴퓨터로 업무를 처리할 때만 해도 자꾸 시선이 마주쳐 의아했는데 배가를 하면서 그 이유를 알았다. 그는 책을 찾는 척하며 설희와 서너 걸음 떨어진 옆이나 뒤편 혹은 마주한 서가 근처에서 사람들을 훔쳐보고 있었다. 눈이 마주치면 다른 쪽으로 시선을 피하고 시야 밖으로 완전히 사라졌다가 잊을 만하면 나타났다. 사서가 경계하지 않을 거리를 재 보는 거 같았다. 설희가 안내 데스크에 앉자 남자의 두 눈이 부지런히 다른 사람들을 찾아 나섰다.

잠시 뒤 설희가 상호대차 신청이 들어온 책을 찾아 책 수레를 끌고 출입문과 가장 먼 쪽, 이용자가 드문 안쪽 서가로 이동했을 때 맞은편에서 남자가 다가왔다. 설희는 책 수레를 사이에 두고 그와 마주 섰다.

"잠깐 괜찮아요?"

남자가 작은 목소리로 말했다.

"네?"

"아니, 내가 책을 좀 찾고 싶은데."

남자는 자신이 들고 있던 책을 들여다보며 말했다. 수레에 가려 남자가 든 책이 보이진 않았다.

"어떤 책이요?"

"어떤 책은 아니고."

"제목이나 작가를 말씀해 주시면 찾아 드릴게요."

"그게 아니라." 남자는 자신이 들고 있던 책에서 시선을 떼지 않은 채로 히죽 웃었다. 그리고 팔을 위로 뻗어 책 표지를 설희에게 보였다. "아가씨, 이거랑 비슷한 책이 있을까?"

고개를 들어 표지를 확인했다. 남자가 내보인 책은 《악인과 광인》이었다. 설희는 숨을 깊게 내뱉으며 책 수레에 손을 올렸다. 설희의 표정을 확인한 남자는 다시 한번 웃었다. 그리고 책을 바닥에 내팽개치듯 떨어트렸다. 쾅! 문헌정보실 전체가 울릴 정도로 큰 소리가 났다. 뭘 하자는 거지. 설희는 이수혁이 말한 광인을 떠올렸다. 그림에 염산을 뿌리고 책을 훼손하는 이들. 아프고 나쁜 사람들. 심장이 요동쳤다. 저도 모르게 책 수레를 남자 쪽으로 밀어붙였다. 남자가 힘없이 쓰러졌다. 수레에 있던 책이 나뒹굴었다. 설희의 발끝에 남자가 떨어트린 책이 걸렸다.

《악랄한 안나》

이수혁의 책이 아니었다. 색 바랜 성인소설. 폐기했어야 하는 책이었다. 바깥쪽에 있던 이용자들이 하나둘 모여들며 웅성거렸다. 몇몇 사람들이 쓰러진 남자를 일으켜 세웠다. 그 가운데 검정 야구 모자를 쓴 남자가 있었다. 그제 밤 도서관을 찾아왔던 모습 그대로였다. 남자는 설희를 바라보고 서 있었다. 모두의 시선이 한쪽으로 쏠려 있는 동안 남자는 안내 데스크를 향해 이동했다. 그리고 설희의 가방을 뒤적였다. 눈앞이 흐릿해지면서 속이 메슥거렸고 목 안에서 이물감이 느껴졌다. 수레를 잡고 있던 손을 놓자 몸이 휘청거렸다. 맞은편 어린이자료실에서 근무하는 이지수가 어느새 나타나 설희의 어깨를 잡고 있었다. 설희는 그녀의 부축을 받으며 3층 관장실로 향했다. 사이렌 소리가 가까워졌다 멀어지는 게 느껴졌다.

"그 남자가 설희 씨 만졌어?"

관장이 말하고 있었다.

"아뇨. 그건 아니고."

설희는 고개를 저었다. 호흡은 정상으로 돌아왔지만 속이 메슥거렸기에 말을 잇기가 힘들었다. 관장이 확인한 CCTV 영상에는 남자의 얼굴이 잡히지 않아서 입 모양을 알아볼 수 없었고 남자가 무슨 말을 했는지 직접 들은 사람도 없다고 했다. 남자가 설희 앞에 서 있던 시간은 5초 남짓이었다.

"무슨 말을 들었길래 그랬는지 알아야 도와줄 거 아니야." 관장은 타이르듯 계속 말했다. "어디 다친 데는 없고?"

"경찰은요?"

설희는 손바닥으로 입을 가린 채 말했다.

"경찰?"

"좀 전에 사이렌 소리가 들렸는데."

"잘못 들은 거 아니야? 경찰까지 올 일은 아닌 거 같아서 신고 안 했어. 왜, 부를까?"

설희는 다시 한번 고개를 저었다.

"물 좀 마셔." 관장이 설희의 손에 종이컵을 쥐여 줬다. "잘 타일렀어. 그 사람, 이제 우리 도서관엔 다신 안 오기로 했고…. 2층에서 그 난리를 치더니 언제 1층으로 갔대."

"2층이요?"

"설희 씨, 지난번에 장례식장에서 대화한 거 기억나? 내가 말했잖아. 디지털자료실에 변태가 있다고."

옆에 있던 고수정이 대답했다.

설희는 고개를 끄덕였다.

"아침에 말이야. 어디서 구해 왔는지 USB에 이상한 동영상을 담아 와서 보더래. 얼른 쫓아냈지." 고수정은 혀 차는 소리를 낸 다음 계속 말했다. "그때 경찰에 신고든 뭐든 했어야 하는데."

"수정 씨, 자책할 거 없어. 다 지난 일이잖아."

"얘기가 나와서 말인데. 3층 카메라요. 아직 연락 없죠?"

고수정이 관장에게 쏘아붙이듯 말했다.

"범인이 왜 연락을 해?"

"아니, 경찰이요. CCTV 떼어 가고 유전자 감식까지 했으면 이제 결과가 좀 나와야 하는 거 아니에요?"

"알았어. 내가 경찰한테 단단히 얘기할게. 이러다 소문 다 나겠네. 응?"

고수정과 관장의 대화는 여기까지였다. 관장은 손바닥을 맞댄 채 앉아 있는 설희의 안색을 살폈다.

"그건 그렇고, 설희 씨, 병원은? 안 가도 되겠어?"

관장은 설희에게 반차를 내라고 종용했고 이지수가 문헌정보실에서 가방을 가져다주었다. 설희는 택시에 태워 보내겠다는 이지수를 말리며 괜찮으니 본인 차로 가겠다고 말했다. 운전석에 앉은 설희는 가방에 넣어 둔 인데놀을 찾았다. 파우치와 책, 호신용으로 들고 다니는 전기충격기 사이에 낯선 종이

**당신에게 죽음을**

한 장이 보였다. 반으로 접힌 A4 용지였다. 모서리가 살짝 말렸을 뿐 구김 없이 빳빳했다.

범인을 찾고 있나?
경기도 파평시 월하로 50, 105호
이름은 당신이 알아봐

명조 계열의 서체로 작게 인쇄된 글씨였다. 이 종이가 언제부터 가방 속에 들어 있었던 걸까. 설희는 인데놀을 삼키고 운전석에 좀 더 앉아 있었다. 안내 데스크 쪽으로 걸어가던 그 남자를 떠올렸다. 내 가방. 남자는 설희의 가방을 뒤적이고 있었다.

설희가 종이에 인쇄된 주소를 내비게이션에 입력하자 도서관에서 20여 분 떨어진 거리의 상가 건물이 목적지로 표시됐다. 어디까지 믿어야 할까. 이수혁의 말에 따르면 그 남자는 오은수가 고용한 사람이었다. 하지만 혼자 살고 있다고 말했을 때처럼 이수혁이 위기를 모면하기 위해 거짓말을 한 거라면 그 남자의 정체를 마냥 의심할 순 없었다. 그는 진실을 알고 있는 게 아닐까. 전방 1km 앞에서 우회전입니다. 내비게이션의 길 안내가 자동으로 시작되자 설희는 두 손을 핸들에 올리고 지그시 가속 페달을 밟았다. 어디든 갈 수도, 멈출 수도 있었다.

*

그곳은 4차선 도로와 인접한, 지은 지 얼마 안 된 건물이었다. 건물 앞 보도 또한 최근에 조성됐는지 보도블록 위에 흰 모래가 깔려 있었다. 로비로 들어가 엘리베이터 옆의 안내판을 보고 입점한 점포를 확인했다. 101호는 편의점, 102호는 빵집, 103호는 안경점, 104호는 약국, 105호는 비어 있었다. 밖으로 나와 건물을 한 바퀴 둘러보았다. 약국 옆 빈 점포에 '임대 문의'라고 적힌 작은 현수막이 붙어 있었다. 설희는 빈 점포를 들여다보았다. 남은 물건 없이 깨끗하게 치워져 있었다. 텅 빈 내부에는 전단 몇 장이 뒹굴고 있을 뿐이었다. 출입문을 당겨 봤지만 꼼짝하지 않았다.

벽 하나를 사이에 두고 104호와 105호가 붙어 있었다. 설희는 약국 문을 열고 벽 맞은편에 무엇이 있었는지 물을 작정이었다. 안에 있던 손님이 나오는 걸 확인하고 걸음을 옮겼다. 문이 완전히 닫히기를 기다렸다가 밀고 들어갔다. 락스 냄새가 설희를 반기듯 한달음에 다가와 달라붙었고 풍경 소리가 울리면서 조제실에서 흰색 가운을 입은 약사가 걸어 나왔다. 크고 깊은 두 눈, 눈 밑 주근깨, 살짝 내려간 입꼬리. 낯이 익었다. 딱 한 번 봤지만 지난 며칠간 수시로 떠오른 얼굴. 오은수였다. 깊게 숨을 들이마셨다.

"뭘 드릴까요?"

**당신에게 죽음을**

두 사람은 카운터를 사이에 두고 마주 섰다.

"인데놀이요. 인데놀 좀 살 수 있을까요?"

설희는 당황한 나머지 생각나는 약 이름을 댔다.

"그건 처방전이 필요한데…." 오은수는 맞은편의 벽시계를 확인하고 말을 이었다. "건물 7층에 내과랑 신경정신과가 있긴 한데 오늘은 일찍 문을 닫는 날이라서요."

"두통약 주시겠어요?"
"속은 어떠세요? 메슥거리거나 울렁이는 증상도 있나요? 어지럽진 않고요?"
"조금요."

설희는 자신의 증세를 정확히 파악하고 있는 오은수가 의심스러웠다.

"식도염 증상일 수 있어요. 다른 약도 챙겨 드릴까요?"
"네. 그렇게 해 주세요."

오은수는 약상자가 놓인 수납장을 지나 조제실로 들어갔다. 그녀의 머리가 불투명한 유리판 뒤로 어른거렸다. 그사이 설희는 약국을 둘러보았다. 카운터 위에 판촉 상품이 올려져 있었고 그 뒤로 레고 블록 몇 개가 흩어져 있었다.

"사서 선생님이시죠? 남편 장례식 때 뵀던 거

같아서요."

조제실에서 나온 오은수가 종이봉투에 약을 담으며 말했다.

설희는 대답을 하려다가 사레가 들려 밭은기침을 했다. 오은수가 설희를 지나쳐 문 앞으로 걸어가 정수기에서 물을 따라 건넸다.

"너무 갑작스럽게 벌어진 일이라 와 주신 분들께 따로 연락도 못 드렸어요." 오은수는 설희의 뒤편을 슬쩍 바라본 다음 계속 말했다. "많이 놀라셨죠?"

"약사이신지 몰랐어요. 여기서 뵙게 될 거라고는…."

설희는 오은수의 시선을 의식하며 뒤를 돌아보았다. 전신 거울에 자신과 오은수의 모습이 나란히 비쳐 보였다. 이수혁이 숨죽인 채 이곳을 지켜보고 있을 것만 같았다. 공포와 분노, 원망과 후회. 어느 쪽일까. 이수혁이 이곳에서 무엇을 느끼게 되든 지금 자신만큼 당혹스럽진 않을 거라고 설희는 생각했다.

"그게 아니라, 수혁 씨 소식이요."

"아, 그렇죠. 상상도 못 했던 일이라." 설희는 마른기침을 내뱉고 말을 이었다. "발인이 어제였나요?"

"보실래요?"

**당신에게 죽음을**

오은수가 카운터에서 가까운 진열대 위쪽을 가리켰다. 그곳에 사람 머리통만 한 흰 도자기가 있었다. 유골함이었다. 겉면에 수혁의 한자 이름과 생몰 일자가 적혀 있었고 그 옆에는 사진 대신 손가락 두 마디만 한 레고 피규어가 놓여 있었다. 그가 즐겨 입던 흰 와이셔츠, 빨간색 캔버스화가 재현된 작은 인형이었다. 설희는 소름이 끼쳤지만 내색하지 않았다.

"납골당은 께름칙하고 집에 혼자 두는 건 그 사람이 싫어할 거 같고…. 그래서 약국으로 가져왔어요. 잘 보이는 곳에 두자니 손님들이 꺼릴 거 같아서 저 위쪽에 두었네요. 사람들 시선 신경 쓰는 편은 아닌데, 수혁 씨는 그랬거든요." 오은수는 유골함에서 시선을 떼어 내고 계속 말했다. "멀리 간다고 해도 여기네요."

설희는 가만히 진열대 위쪽을 바라보았다. 그 사람은 집착이 심했어. 이수혁의 목소리가 들리는 듯했다. 그 위로 지분대는 오은수의 음성. 넌 결국 아무것도 못 해. 이수혁은 죽어서도 내 옆에 있어.

"선생님?"
"네?"
"인데놀이요. 저혈압이나 천식이 있으시다면 장복하는 건 위험해요."

카운터 위에 약 봉투가 올라와 있었다. 설희는 봉투를 가방에 넣었다. 자신을 이곳으로 이끈 종이가 보였다.

"말씀 감사합니다."

오은수는 두 손을 카운터 위에 올린 채 설희를 빤히 바라보고 있었다. 화장기 없는 얼굴에 검정 라운드 티셔츠 위로 약사 가운을 걸친 오은수는 쇄골이 반듯하고 체격이 단단했다. 긴 손가락에는 일회용 밴드가 붙어 있었다.

"계산은 어떻게 해 드릴까요?"
"잠시만요."

설희는 주머니에서 카드를 꺼내 내밀었다. 카드를 쥔 손이 가볍게 떨렸다. 재빨리 다른 손을 내밀어 떨리는 손을 붙잡았다.

"수혁 씨가 도서관에서 강연하는 걸 좋아했어요. 학교보다 낫다면서 담당자분이 무척 협조적이라 수월했다고 말한 게 기억나네요."

카드 단말기 쪽으로 이동하며 오은수가 말했다.

"저 말고 다른 분이 담당이었어요. 그분이 선생님을 직접 섭외하셨고요. 저는 강연 있을 때 도와드린 게 전부예요." 설희는 오은수를 바라보며 계속 말했다. "도서관 동료들도 모두 안타까워했어요. 한 번더 모시면 좋겠다고 생각했는데."

"말씀 들었으면 그이가 좋아했을 거예요. 늘 인정

에 목말라하는 사람이었거든요." 오은수가 카드와 영수증을 건넸다. "어제 수혁 씨 물건을 정리하다 보니까 도서관에서 빌린 책이 있더라고요."

"가끔 저희 도서관으로 책을 빌리러 오셨어요."

"약국 문 닫고 반납하려고 찾아갔는데 도서관이 닫혀 있더군요. 반납함에 넣긴 했는데 받아 보셨을지 모르겠네요."

"천천히 주셔도 되는데…. 챙겨 주셔서 감사합니다."

"그게 남은 사람의 일이니까요."

오은수가 희고 긴 레고 블록 두 개를 결합하며 말했다.

"뭘 만드시나 봐요?"

설희가 카운터 뒤편으로 시선을 옮기며 물었다.

"레고 좋아하세요?"

설희의 시선을 확인한 오은수가 물었다.

"보는 건 좋아하죠. 잘은 몰라요." 설희의 눈길이 닿은 곳에 언뜻 건물 모양의 모형이 보였다. 레고 블록으로 만든 일반 단행본 크기의 미니어처였다. "직접 조립하신 건가요?"

"조립도 하고 커스텀도 했죠. 실물을 재현하려고 들면 늘 모자란 조각이 있다는 걸 알게 되거든요. 그걸 다 살 수는 없으니까요."

오은수는 설희가 볼 수 있도록 진열대 뒤에 있던 미니어처를 앞쪽으로 조금 밀었다. 진열대의 위치는 물론이고 전체적인 색조와 분위기가 오은수의 약국과 유사했다.

"똑같네요."

진열대 사이마다 유골함 옆에 있던 것과 같은 크기의 피규어 세 개가 꽂혀 있었고 카운터 뒤에는 흰 가운을 입은 약사가 서 있었다.

"쓸모가 많아요. 약국 내부 배치를 바꿀 때마다 여기 미니어처 속 블록을 먼저 움직여 보죠."
"도서관에서도 활용해 봐야겠네요."

"그 사람도 관심이 많았어요." 오은수가 잠시 멈칫거린 다음 말을 이었다. "늘 새로운 걸 좋아했으니까."

"그러셨군요."

생기와 살기를 머금었던 낯빛은 이틀 새 바뀌어 있었다. 무슨 변화가 있었던 걸까. 설희는 직접 묻고 싶었다. 이 죽음에 있어 당신의 역할은 뭐였느냐고.

"괜찮으세요? 안색이 안 좋아 보이세요."
"원망도 하게 되고… 도와주지 못해서 미안하기도 해요."
"무슨 일, 있었나요?"

설희는 오은수가 흘린 단서를 놓치지 않고 물었다.

**당신에게 죽음을**

"일이요?"

설희는 말없이 고개를 살짝 끄덕였다.

"제가 잘 몰랐던 거 같아요. 그냥 궁금해요. 제가 놓친 게 있을까 봐 불안하기도 하고요. 그 사람이 막다른 길이나 구덩이 아래에서 손을 뻗었는데 잡아 주지 못한 건 아닌지. 그걸 알아야 뭐라도 할 텐데… 그것 때문에 또 원망하는 마음이 들고."

오은수는 덤덤하게 말을 이어 갔다.

"경찰 수사도 받으셨으니…." 설희는 오은수의 표정을 살피며 말을 덧붙였다. "장례식장에서 사람들이 하는 얘기를 들었어요." 더 물어야 했다.

"같이 있었어요. 그 사람이 죽을 때."

오은수는 흔들리지 않았다.

"네?"

설희는 말을 더 하려다가 멈췄다.

"전 방에 있었고 그 사람은 거실에 있었죠. 거실 창을 여는 소리가 들렸어요. 창문은 한동안 닫히지 않았죠. 그때 제가 깜빡 잠이 들었나 봐요. 새벽이었거든요. 깨고 나니까 창문이 열린 채로 두면 추울 텐데 싶어서, 문득 걱정이 됐죠. 거실로 나갔더니 거실 창은 여전히 활짝 열려 있었고 그 사람은 보이지 않았어요."

"그때였군요."

설희는 오은수에게서 두 눈을 떼지 않았다. 그녀는 준비한 대사를 읊는 것 같았다.

"이름을 불러도 대답이 없었어요. 밑에서 떠드는 소리를 듣고 나서야 그 사람이 떨어졌다는 걸 알았죠."

"그래서 부검까지 했군요."

"제가 먼저 하자고 했어요. 혹시 다른 이유가 있는지 알고 싶었거든요."

"다른 이유라면?"

"약을 먹었거나… 아니, 그보단 저 말고 집에 누군가 더 있진 않았을까, 그런 생각도 들더라고요. 뭐가 됐든 진실을 알고 싶었죠."

설희는 또 한 번 고개를 끄덕였다. 오은수는 금방이라도 울 거 같았지만 목소리가 떨리진 않았다.

"부검 결과가 나오는 날, 경찰이 인스타그램을 보여 주더군요. 저는 몰랐어요. 그 사람이 그런 걸 운영하는 줄은."

"인스타그램이요?"

"거기에 유서 같은 게 있더라고요." 오은수는 설희를 바라보다가 고개를 떨구고 말했다. "제가 선생님에게 별말을 다 하네요."

"괜찮습니다. 자책, 하지 마세요."

**당신에게 죽음을**

연기하지 마세요. 설희가 진짜 하고 싶은 말이었다.

"경찰이 자살 유가족 지원 센터를 소개해 줬어요. 내일부턴 거기에 나가 보려고요."

"뭐든 하는 게 좋죠."

설희는 약국을 나섰다. 긴장이 풀리면서 몸이 휘청였다. 몇 걸음 떨어져 약국을 바라보았다. 불 밝힌 약국 전체가 하나의 세트장, 거대한 무대처럼 보였다. 오은수가 사람을 고용했다는 이수혁의 말이 떠올랐다. 그 남자는 오은수의 지시를 받아 설희를 이곳으로 초대한 걸까. 오은수는 설희와 이수혁이 어떤 관계인지 직접 묻고 싶었을까. 아니면 자신과 이수혁의 사이가 견고하다는 걸 과시하고 싶었을까. 오은수는 설희가 이수혁의 죽음에 관해 물을 때마다 기다렸다는 듯이 답을 이어 갔다. 그래서 더 의심스러웠다. 무엇을 숨기려는 걸까. 집에 돌아온 설희는 약 봉투를 쓰레기통에 처박았다.

다음 날 아침, 문헌정보실 안내 데스크 위에 놓인 익숙한 제목의 책 한 권이 눈에 띄었다. 《떠오르는 세계》. 두 달 전에 읽고 이수혁에게 빌려준 뒤로 돌려받았던 기억은 없었다.

"이 책 뭐예요?"

배가 업무를 마치고 돌아온 직원에게 책을 가리키며 물었다.

"누가 무인 반납함에 우리 장서가 아닌 책을 넣어 놨더라고요. 기증 도서는 아닌 거 같고. 분실물이면 책 주인이 나타날까 싶어서요."

그가 자리를 비운 사이 책을 살펴보았다. 37페이지와 79페이지, 145페이지에 모서리를 접은 흔적이 있었다. 설희가 이수혁에게 빌려준 책이었다. 이 책이 왜 여기에 있지? 설희는 그 이유를 기억 속에서 찾아냈다. 도서관에서 빌린 책이 있더라고요. 오은수였다. 반납함에 넣었어요. 받아 보셨을지 모르겠네요. 오은수가 도서관이 아니라 설희에게 반납한 책이었다. 설희는 오은수가 했던 말을 곱씹으며 계속 책장을 넘겼다. 판권 면 앞에 얇은 종이 한 장이 끼워져 있었다. 책갈피인 줄 알았던 종이는 〈아르테미시아〉라는 연극의 초대권이었다. 초대권에 그려진 그림은 〈홀로페르네스의 목을 치는 유디트〉였다. 같은 그림이 문헌정보실 출입문 옆 게시판에 붙어 있었다. 연극 홍보 포스터였다. 약국에서 듣지 못한 말이 그 안에 있을 것만 같았다. 포스터에 적힌 내용을 한 줄씩 읽어 내려가다가 익숙한 이름을 발견했다. 오은수, 그녀의 이름이 '무대미술'과 '극본' 옆에 나란히 적혀 있었다.

*

퇴근한 뒤 극장을 찾았다. 초대권을 티켓으로 교

환하고 팸플릿을 뒤적이며 동행이 있는 사람처럼 극장 로비를 서성였다. 배우와 스태프가 출입 금지 표시가 붙은 문 안쪽에서 나와 꽃다발을 든 관객과 인사를 나누곤 했다. 내일이 마지막 공연일이었다. 설희는 출입이 통제된 구역에서 사람이 오갈 때마다 곁눈질로 얼굴을 살폈다. 오온수는 보이지 않았다. 공연 시작 20분 전이 되자 로비 전체가 관객들로 붐볐고 이내 극장 출입문이 열렸다. 검표가 시작됐다. 검표원이 티켓 하단 점선을 따라 홀로페르네스의 목을 잘라 내고 유디트와 하녀가 그려진 부분을 설희에게 돌려주었다.

출입구를 지나 지정된 좌석에 앉았다. 무대 전체를 살피기 위해 뒤쪽 가운데 자리를 택했다. 100석 남짓한 규모의 공연장이었다. 객석은 가득 찼고 약속된 시간에 맞춰 극장 전체가 암전되면서 짧게 종이 울렸다.

무대와 객석 사이를 가르던 커튼이 걷히자 무대 위 한 여자가 이젤을 세워 두고 그림을 그리는 모습이 보였다. 그녀가 아르테미시아였다. 아르테미시아가 객석의 왼쪽 끝부터 오른쪽 끝까지 살핀 다음 입을 열었다. 자신이 의뢰받은 그림에 관한 이야기였다. 유디트가 적군의 진영에 들어가 수장인 홀로페르네스를 유혹한 뒤 그가 잠든 사이에 목을 베고 고국으로 돌아왔다는 구약성서의 내용을 캔버스 뒤에서 설명하던 아르테미시아는 팔레트 옆에 붓을 놓더니 의자를 뒤로 물리고 자리에서 일어난다. 그녀는 세간에 알려지지 않은 숨겨진 이야기가 있다고 말한다.

"하녀에 대해서는 의견이 분분해요. 칼을 든 건 유디트가 아니라 하녀라는 말부터 실은 유디트의 단독범행이고 하녀는 목격자일 뿐이라는 설까지 있죠. 하녀의 나이대도 천차만별이고요. 맞아요. 유디트가 살인을 도운 하녀를 죽였다는 말도 있어요. 혁명처럼 살인은 고독해야 한다나."

아르테미시아 역을 맡은 배우는 가볍게 고개를 저은 다음 계속 말했다.

"말도 안 되는 소리예요. 유디트가 뭐 킬러는 아니잖아요. 꼭 죽여야 할 인간을, 신뢰하는 이와 힘을 합해 지옥으로 보냈을 뿐입니다. 무고한 생명을 죽일 이유가 없죠. 그럴 필요도 없고요. 어쨌든 저는 두 사람을 닮은 꼴로 그릴 생각이에요. 하나의 인격체인 것처럼요. 홀로페르네스를 완전히 제압하기 위해서는 네 개의 팔이 필요하겠더군요. 해석은 화가의 영역이니까요. 누구도 침범할 수 없죠."

그녀는 붓질을 이어 갔고 그사이 무대 위로 늙은 남자가 올라왔다. 아르테미시아의 스승이었다. 그는 캔버스 앞에 서서 아르테미시아와 그림에 관한 이야기를 나눈다. 남자는 유디트의 체형을 보다 가녀리게 그리라고, 칼을 쥔 작은 손과 겁에 질린 눈빛을 묘사하라고 지시한다. 그러곤 아르테미시아의 어깨 위에 손을 올린다. 아르테미시아의 낯빛처럼 무대는 점차 어두워지고 남자의 얼굴은 점점 기괴하게 변해 간다. 한동안 불빛이 그들에게만 머무른다.

무대 위로 안개가 일어나 여자와 남자를 차례로 집어삼킨다. 잠시 뒤 조명이 켜지고 안개가 걷히자 다른 풍경이 펼쳐진다. 법정이었다. 원고석에는 어린 아르테미시아가, 피고석에는 늙은 남자가 앉는다. 재판관이 사건 개요를 낭독한다. 아르테미시아가 아버지의 동료에게 그림을 배우다가 강간을 당했다. 당시 그녀의 나이는 열일곱 살이었다. 아르테미시아는 남자를 고소했다. 그녀는 재판 과정에서 모욕을 견디며 증언하고 주장한다. 재판은 아르테미시아의 승소로 끝난다.

기쁨도 잠시, 연기가 다시 무대를 휩쓸고 나자 재판정이 성당으로 바뀌고 재판관은 사제가 되어 아르테미시아와 남자의 혼배미사를 주관한다. 판결문을 외던 목소리가 성혼 선언문을 낭독하자 객석에서는 탄성과 야유가 쏟아진다. 사제와 하객들이 줄행랑을 치듯 무대 뒤로 사라지고 홀로 남은 아르테미시아는 점차 암흑에 잠긴다.

무대는 다시 아르테미시아의 화실이 된다. 그녀는 마침내 〈홀로페르네스의 목을 치는 유디트〉를 완성하고 와인을 마시며 자축한다. 그녀 곁으로 늙은 남자가 다가온다. 아르테미시아가 남자에게도 잔을 건넨다. 남자는 와인을 들이켜자마자 두 손으로 자신의 목을 붙잡고 고통을 호소한다.

"청산염이 식도를 태우고 배 속으로 들어가 위에서 거품을 만들 거야. 5분 정도 걸릴 텐데…. 왜? 벌써 못 참겠어?"

남자는 의아한 표정으로 무언가를 물으려는 듯 입을 벌린다. 괴성은 의미를 만들지 못하고 흩어진다. 말하기를 포기하고 와인을 뱉어 내기 위해 안간힘을 썼으나 그의 입에서 흘러나오는 건 입 안에 고여 있던 침이 전부다.

"금방 끝날 거야. 좀 참아 봐. 나는 더한 것도 참았잖아."

남자는 탁자 위로 쓰러진다. 아르테미시아는 남자의 목에 물감을 덜어 낼 때 사용하던 나이프를 꽂는다. 피가 뿜어져 나온다. 그의 목을 찌를 때 아르테미시아가 지은 표정은 그녀가 그린 유디트와 흡사하다. 표정만이 아니다. 전체적인 구도도 그림을 빼닮았다. 다른 건 아르테미시아에겐 팔이 두 개뿐이라는 점이다. 그녀는 하녀가 아닌 약의 도움을 받았다. 그림 위로 핏방울이 튀어 올랐다.

"지옥에서도 그러고 살아."

**당신에게 죽음을**

무대가 일순 어두워지고 핀 조명이 그림을 비추자 바로크풍 음악이 흘러나온다. 음악이 클라이맥스에 이르렀다가 점차 고요해질 무렵 멀리서 또 다른 핀 조명이 켜진다. 불빛 아래 아르테미시아의 자화상이 놓여 있다. 자화상 뒤쪽에서 아르테미시아의 목소리가 새어 나온다.

그녀는 어린 시절 같이 그림을 배웠던 투치아의 도움으로 배를 타고 도피 생활을 시작했다. 타지에서 첫 번째로 그린 작품인 자화상을 친구에게 보내며 안부를 전해 온 것이다.

"여성이 무엇을 할 수 있는지 보여 줄 거야. 사람들은 내 그림 속에서 카이사르의 용기를 가진 한 여자의 영혼을 볼 수 있겠지."

투치아에게 보낸 편지 속에는 그녀의 오랜 다짐이 담겨 있었다.

무대와 객석 사이를 커튼이 완전히 가로막고 난 뒤에야 객석이 밝아졌다. 박수가 길게 이어졌다. 커튼콜은 없었다. 관객들이 자리에서 일어나 들어왔던 길로 걸어 나갔다. 기다란 통로에 아르테미시아의 작품이 걸려 있었고 사람들은 파노라마처럼 펼쳐진 그림을 감상하며 천천히 통로를 통과했다. 설희는 마지막까지 객석에 머물렀다. 아르테미시아의 복수는 성공했다. 그러나 자유를 위해 감당해야 할 고통은 너무나 컸다. 무대 위에서 빛과 어둠이 교차

하는 내내 떠나지 않는 기억, 귓가에 맴도는 목소리가 있었다. 설희는 그 목소리에 귀 기울이며 아주 천천히 그곳을 빠져나왔다.

이수혁의 두 번째 강연이 끝난 다음 날, 설희는 〈빛과 어둠〉 레플리카 전시장을 다시 찾았다. 〈야경〉을 보기 위해서였다. 그가 말한 수호천사가 어떤 인물일지 궁금했다. 갤러리가 야간 개장을 하는 날이었지만 홍보가 덜 되었는지 전시장은 텅 비어 있었다. 내부 조명은 낮보다 더 어두웠다. 바닥에 붙어 있는 노란 유도 선을 따라 이동하며 그림을 관람했는데 당초 계획과는 달리 카라바조가 그린 〈홀로페르네스의 목을 치는 유디트〉 앞에 오래 머물렀다. 눈길을 붙잡았던 건 그 남자, 홀로페르네스의 표정이었다. 천장에 설치된 핀 조명이 작품을 비춰 음영이 더 부각되었다.

"이상하지 않아요?" 낯선 여자의 목소리가 설희의 등 뒤에서 들려왔다. "유디트가 인상만 쓰잖아요. 몸에는 힘이 안 들어가 있고. 칼로 목을 베려면 기운을 꽤나 써야 할 텐데."

"저는 홀로페르네스를 보고 있었어요. 표정이 좀."

설희는 그림 속 남자의 눈빛에서 불쾌감을 읽었다.

"사실적이지가 않네요. 죽을 때 저런 표정을 지을 수는 없죠."

**당신에게 죽음을**

여자의 목소리는 공기 중에 떠다니는 것 같았다.

설희는 주변을 둘러보았다. 그림이 걸린 곳을 제외한 실내 전체가 어두웠기에 목소리의 주인이 명확히 보이지 않았다. 그녀는 설희와 두 걸음 정도 떨어져 있었다.

"유디트 혼자 힘으론 벅차 보이지 않아요?"
"못 할 이유가 있나요?"

설희는 퇴근하자마자 클라이밍 센터에 들러 두 시간 넘게 인공암벽을 등반하고 온 상태였다.

"저 팔뚝은 너무 심하게 가늘잖아요."

"중요한 건 근육의 크기가 아니에요." 설희는 오른팔을 앞으로 뻗으며 말했다. "비슷한 동작을 반복하면서 훈련했다면 혼자 해결하는 게 불가능한 일은 아니죠. 그래도 저 정도면… 힘들긴 하겠네요."

"선생님 말도 맞아요. 둘이 힘을 합치지 않아도 혼자서 상대를 제압할 방법은 얼마든지 있고요."

그녀는 설희의 의견에 동조했다.

"계획이 필요하죠."

설희는 그림 옆으로 반걸음 물러섰다.

"유디트는 거짓으로 투항하고 적군의 연회에 참석해요."
"스파이였군요."

"그런 셈이죠."

설희는 그녀에게 답하며 고개를 끄덕이고 나서 유디트 옆에 선 늙은 여인을 가리켰다. 정확히는 그녀가 든 천을 지목했다. "하녀가 들고 있는 게 뭔지 아세요?"

"잘린 머리를 포장할 준비를 하는 거예요."

"꼭 저렇게까지 해야 했을까요? 증명이 필요했나? 의뢰한 사람이라도 있었을까요?"

"홀로페르네스가 이끄는 군대가 자기 마을 사람들을 괴롭혔으니 복수를 한다고 생각했겠죠. 가족을 잃은 사람들에게 위로가 되었을 테니까요."

"그 머리가요? 아니면 머리가 잘리는 순간의 고통이?"

"그보단, 이야기 전체가 아닐까요?"

설희는 그림을 바라보며 고개를 끄덕였다.

"잘못을 했으면 죗값을 받아야죠."

그녀가 설희의 왼편에서 오른편으로 이동하며 말했다.

"권선징악과 인과응보 중 어느 쪽이죠?"

설희가 물었다.

"권선징악인 건지는 잘 모르겠네요. 선과 악의 개념이 분명하진 않으니까. 시대의 윤리에 따라 바꿔잖아요."

설희는 전날 이수혁과의 대화를 떠올리며 고개를
끄덕였다.

"그래도 대의를 위해 희생하는 일은 마음에 와닿
지 않아요. 마을 사람들 중엔 선한 사람도 있고 악
한 사람도 있었을 테니까요. 저는 그보단 개인적
인 원한이 더 끌리던데."

설희가 말했다.

"유디트에게는 사랑하는 사람이 있었대요. 마을
에서 희생된 사람 중 한 명이었죠."
"그럼 이해가 되네요. 머리를 자르고도 남죠."
"아는 척한 김에 하나 더 말하자면 아르테미시아
젠틸레스키가 그린 그림은 이렇지 않아요."

목소리가 보다 또렷하게 들렸다.

"뭐가 다르죠?"
"많이 다르죠. 사실적이고요."
"구약성서에 담긴 이야기가 사실적일 수 있을까
요?"
"그래서 재해석이 필요하죠. 아르테미시아의 경
우엔 개인적인 해석까지 덧붙였고요. 그림 안에
이야기가 많아요."
"찾아봐야겠네요."
"같은 소재로 작품을 두 번 그렸어요. 둘 다 최고죠."

설희는 고개를 끄덕이고 나서 말했다. "이제 렘브란트 쪽으로 가 봐야 해서."

"저는 좀 더 여기에 있을게요. 선생님 말씀을 듣고 나니 카라바조 그림에도 확실히 흥미가 생기네요. 덕분에 막혀 있던 부분이 좀 풀렸어요."

설희는 돌아서서 그녀를 봤다. 얼굴이 또렷이 보이진 않았다. 이제 누구인지 확실히 알았다. 그 목소리의 주인은 오은수였다.

*

집에 돌아와 오은수가 돌려준 《떠오르는 세계》를 제 위치에 꽂아 넣었다. 무한대를 그리며 분주히 다리 사이를 오가는 물루를 쓰다듬으며 쪼그려 앉아 책장을 바라봤다. 이수혁이 또 무슨 책을 빌려 갔더라. 왼쪽 아래부터 한 칸씩 시선을 옮기며 빈자리를 찾았다.

이수혁은 설희의 컬렉션을 하나씩 건드렸다. 책장 주변을 어슬렁거리며 책을 집어 들었다. 강의에 활용하겠다거나 기숙사에서 읽겠다는 말을 남기고 빌려 간 책이 적지 않았다. 그렇게 생긴 빈자리는 다른 책으로 메꾸지 않고 그대로 두었다. 제때 돌려받지 못한 책은 《떠오르는 세계》만이 아니었다. 괜찮았다. 다시 사서 채우면 그만이었다. 하지만 그럴 수 없는 책이 문제였다. 도서관에서도 책이 없어지는 일이 종종 발생했다. 주로 이용자에 의해 사라졌지만 사서의 부주의로 증발하는 경우도 있었다. 책이 없어지면 분실 처리를 하고 같은 책을 구매해 비치하는 것이 일반적이었다. 가끔은 그러지 못할 때도 있었다. 절판된 책, 다시 살 수 없는 책을 손에 넣기 위해 누군가는 고의로 도서관 장서를 분실했다. 규칙을 악용했다. 장기 연체와 분실 사고에 대처하는 것은 사서의 주요한 업무 가운데 하나였다. 이용자의 집을 찾는 일도 아주 없지는 않았다.

생각에서 빠져나온 설희의 시선이 머문 곳은 거실 책장에서 가장 중요한 자리였다. 그 자리가 비어 있었다.

이수혁은 한 달 전 《아기 돼지 세 자매》를 빌려갔다.

"생일 전까진 돌려줄게. 그런데 2편은 정말 없는 거지? 셋째가 어떻게 됐는지도 모르고?"

이수혁의 질문에 설희는 답하지 않았다. 설희도 정희에게 몇 번이나 물었지만 답을 들을 순 없었다.

아기 돼지 세 자매 중 첫째가 늑대에게 물려 납치되자 셋째가 늑대의 집으로 가서 언니를 구해 온다. 며칠 뒤, 이번에는 둘째가 늑대에게 끌려간다. 이번에도 셋째가 늑대의 집으로 가서 언니를 구해 온다. 다시 며칠이 지나 셋째가 늑대에게 끌려간다. 셋째는 어두운 방에 갇혀 언니들을 기다린다. 그렇게 밤이 찾아온다.

《아기 돼지 세 자매》는 거기서 끝났다. 정희는 그 뒤의 이야기는 설희, 네가 만들어 가는 거라고 했다. 용기까지는 언니가 줄 수 있어. 하지만 그 뒤는 네 몫이야. 현명해져야 할 거야. 힘도 키워야 할 테고. 정희가 말했다. 언니들은 막내를 구하러 올까, 아니면 셋째가 직접 늑대의 집을 탈출할까. 설희도 그 답을 알고 싶었다.

실내등을 모두 끄고 베란다 창을 열었다. 서늘한 공기가 안쪽으로 모여들었다. 물루가 창틀로 뛰어올라 밖을 내려다보았다. 2차선 도로가 텅 비어 있었다. 인도를 따라 걷는 행인들의 모습이 보였다. 한 달 전과 다름없이 고요한 풍경이었다. 거리를 바라보던 물루의 시선이 설희를 향했다. 커다란 두 눈과 마주쳤다.

"알아. 책을 찾아와야지."

설희는 쪼그려 앉아 물루의 정수리를 쓰다듬으며 말했다. 물루가 창틀에서 내려온 뒤에도 조금 더 창문 앞에 머물렀다.

설희는 지하 주차장으로 향하며 코트 주머니 속 카드 키를 매만졌다. 정오가 막 지났고 겨울 해가 밝게 빛났다.

**당신에게 죽음을**

오은수의 약국 건너편 도로 위에 차를 세웠다. 흰 가운을 입은 오은수의 얼굴이 사람들의 어깨 너머로 모습을 드러냈다. 대체로 미소를 띠고 있었지만 간혹 싸늘하게 돌변하기도 했다. 약국에는 손님이 끊이지 않았다. 출입문이 열렸다가 닫히기를 반복하는 동안 설희는 휴대전화 검색창에 약국명을 입력했다. 작은 지도 위에 약국 위치가 떠올랐다. 영업 시간은 오전 10시부터 저녁 8시까지. 주말에는 6시에 문을 닫았고 설희가 일하는 도서관처럼 월요일에 쉬었다. 시간은 충분했다. 설희는 부동산 사이트에서 방문하려는 집의 크기와 평면도를 확인했다. 방은 세 개였고 욕실은 두 개, 확장형 베란다가 기본 옵션이었다. 침실 두 곳에 각각 드레스 룸과 알파 룸이 있었다. 벽과 벽 사이의 거리를 걸음 수로 환산하고 반복해서 동선을 그려 보았다. 꾸물거릴 시간이 없었다. 설희는 사이드브레이크를 풀고 가속 페달을 밟았다.

정희가 죽고 집으로 과학수사 팀이 왔을 때 그들은 집 안에 있는 모든 부스러기를 수집해 갔다. 털과 각질, 음식물의 잔해까지. 그 안에 정희를 죽인 범인의 DNA가 있었다. 모든 것이 증거였다. 목적지에 다다르는 동안 설희는 이동 경로를 짰다. 책은 거실이나 작은방에 있을 확률이 컸다. 부엌에서는 약물의 흔적을 살펴봐야 했다. 그다음은 거실 난간. 등을 떠밀렸다면 필사적으로 무언가 붙잡기 위해 손을 뻔었을지도 몰랐다. 상태가 일반적이지 않거나 짝이 맞지 않는 무언가를 찾아야 했다. 오은수가 저지른 일이 집 안 어딘가에서 숨죽이고 있기를 바라며 인근 상가 밀집 지역에 차를 세워 두고 아파트 단지까지 걸어 들어갔다. 경비원과 마주치지 않기 위해 주변을 살피면서 307동을 향해 걸었다. 화단에 놓여 있던 국화는 사라진 뒤였다. 1, 2호 라인 입구 옆 키패드에 카드 키를 가져다 대자 문이 열렸다. 엘리베이터 맞은편 우편함을 확인했지만 이수혁이나 오은수 앞으로 온 우편물은 없었다. 엘리베이터를 타고 꼭대기 층인 25층으로 이동했다. 양쪽 집의 현관 키패드에 카드 키를 가져다 대 보았다. 둘 다 열리지 않는 것을 확인하고는 재빨리 움직였다. 비상 출입문을 열고 아래층으로 향했다. 층계를 밟을 때마다 소리가 나지 않도록 조심하며 한 층 한 층 걸어 내려왔다. 도어록이 작동한 곳은 2101호였다. 현관문을 열고 신발장 앞에 들어서자 센서 등이 켜졌다. 여러 번 심호흡을 하고 걸음을 뗐다. 낯선 고요가 설희를 맞았다.

화장실과 작은방을 지나 거실로 향하는 통로 벽면에 이수혁과 오은수가 같이 찍은 사진이 액자에 담긴 채로 걸려 있었다. 웨딩드레스를 입은 오은수와 턱시도 차림의 이수혁. 사진 속 두 사람은 웃고 있었다. 그들 뒤로 주례나 친인척 대신 조명과 음향 설비가 보였다. 사진을 찍은 곳은 연극 무대였다. 설희는

이수혁이 낯설게 느껴졌다. 8년 전? 10년 전? 설희
는 사진 속 시간을 가늠하며 걸음을 옮겼다. 거실엔
커다란 소파와 텔레비전, 아레카야자 화분만 놓여
있었다. 오트밀색 소파는 얼룩 없이 깨끗했다. 거실
창 앞에 섰다. 창을 열지 않고는 땅바닥을 볼 수 없
었다. 밖을 내다보았다. 아득했다. 나무와 가로등, 아
파트 단지를 가로지르는 사람들을 내려다봤다. 난간
을 살피고 휴대전화로 동영상을 남겼다. 특히 난간
아래쪽을 유심히 확인했다. 사람이 매달리거나 매달
린 사람을 누군가 떨어뜨리려 했다면 흔적이 남았을
자리였다. 육안으로는 아무것도 발견하지 못했다.
거실 바닥도 깨끗하기는 마찬가지였다.

거실을 지나 침실로 갔다. 가지런히 정리된 침구
를 들춰 봤으나 눈에 띄는 흔적은 없었다. 옷장에는
아직 정리하지 않은 이수혁의 옷가지가 보였다. 옷
장을 여닫자 그가 가끔 사용하던 향수의 향이 나프
탈렌 냄새에 섞여 들었다. 집에는 일상적인 흔적만
가득했다. 있는 것이라곤 두 사람이 긴 시간을 함께
했다는 증거뿐이었다. 그들의 세월을 헤집으면 헤
집을수록 멈춰 서게 되는 시간이 늘어났다. 행동은
느려졌고 마음은 초조해졌다. 밖에서 들리는 작은
소음에도 귀 기울이며 멈칫했다. 낯선 소리와 냄새
가 느껴질 때마다 신경이 곤두섰다. 예상과는 달랐
다. 주거침입, 사생활 침해. 죄를 짓는 건 자신일지
도 모른다는 불안이 서랍장을 열려는 설희의 손목

을 붙들었다. 설희는 자신이 만든 가설을 온전히 믿을 수가 없었다. 나는 지금 어디 있는 걸까. 책을 찾아 얼른 이곳을 빠져나가고 싶었다. 침실에서 나와 현관문 앞 작은방으로 향했다. 그곳이 서재였다.

벽면을 가득 채운 책은 체계 없이 마구잡이로 꽂혀 있었다. 장르와 형식, 판형이 무시된 채 뒤섞여 있었다. 《아기 돼지 세 자매》는 눈에 띄지 않았다. 설희는 책등에 제목이 적혀 있지 않은 책들이 자리한 선반 앞에 멈춰 섰다. 가제본한 대본집이 세워져 있었다. 오은수의 것이었다. 거기에 《푸른 수염》이 있었다. 그 옆에 각기 다른 색 표지로 제본된 《메소드 연기》, 《어느 연약한 짐승의 죽음》, 《아르테미시아》가 놓여 있었고 대본집들에 적힌 극단명은 모두 같았다. 휴대전화 검색창을 열고 연극 제목과 극단명을 입력했다. 관람객이 남긴 게시물 링크가 연달아 나타났다. 첫 번째 링크를 누르고 게시물이 떠오르기를 기다리는 사이 책장 옆 미닫이문 틈에서 불빛이 새어 나오는 걸 봤다. 알파 룸이었다. 대본집을 제자리에 꽂아 두고 미닫이문을 열었다.

큐레이션한 책을 전시한 도서관 서가처럼 가지런히 구획된 공간이 나타났다. 한 걸음 내디뎌 진열대를 확인했다. 전시 대상은 책이 아니라 레고 조립품이었다. 오은수의 약국에서 봤던 것과 크기가 같았다. 초원슈퍼 간판을 단 양옥집과 지역명이 표시된 카센터, 그리고 대학 강의실이 대본집 크기의 부지 위에 레고 블록으로 정교하게 조립된 미니어처였다. 작품 오른편에는 제작 연도와 배경이 적혀 있었으며 왼편에는 엽서만 한 공연 포스터가 붙어 있었다. 미니어처들이 나열된 순서는 대본집이 꽂혀 있던 순서와 동일했다. 한두 해씩 간격을 두고 무대에 올린 작품들이었다. 〈아르테미시아〉의 경우 연극에서 주요 무대로 사용됐던 화가의 아틀리에를 중심으로 법정까지 구현해 놓았다. 아틀리에 중앙에는 이젤 위로 캔버스가 놓여 있었고 그 옆 식탁 위의 늙은 남자를 닮은 피규어는 두 팔과 다리를 아래로 늘어트린 채 눕혀진 상태였다. 식탁 밑 일부 블록만 빨간색이었다. 남자 옆에 선 피규어의 한 손에는 붓이, 다른 한 손에는 나이프가 들려 있었다. 흑갈색 머리카락 위에 두른 두건까지, 그 모습은 영락없이 아르테미시아였다.

오른쪽 끝에 놓인 미니어처는 어디의 어떤 상황을 묘사한 건지 캡션 없이도 알아챌 수 있었다. 이 집 거실을 축소한 모형으로 거실 창 앞에 여자가 서 있었고 난간에 매달린 남자의 뒷모습이 보였다. 남자의 두 다리가 허공에서 버둥거렸다. 남자의 손을 난간에서 떼어 내 피규어를 들고 가까이에서 보았다. 사실 그렇게 보지 않아도 알 수 있었다. 그건 이수혁이었다. 그의 유골함 옆에 자리 잡고 있던 것과 모양이 같았다.

미니어처 옆 포스터가 붙어 있어야 할 자리는 비어 있었다. 이 모형의 제작 사유는 재현일까, 예행연습일까. 도슨트의 설명 없이도 설희는 이곳이 어디인지 알 거 같았다. 약국 인테리어를 변경하기 전에 레고 블록을 이리저리 옮겨 본다던 오은수의 말을 떠올렸을 때 현관 키패드가 한 음씩 소리를 냈다. 설희는 알파 룸 조명을 끄고 문을 닫았다. 휴대전화를 들어 시간을 확인했다. 약국 문을 닫기엔 아직 일렀지만, 저 문을 열고 들어설 이는 오은수밖에 없었다. 복도를 따라 걷는 소리가 들렸고 비슷한 크기의 콧노래 소리가 섞여 들렸다. 발걸음처럼 고요히 깔리는 노래였다. 소리는 점점 멀어지다가 이내 사라졌다.

어둠에 익숙해지자 투명 서랍장 안에 가득 든 레고 블록이 보였다. 설희는 들고 있던 피규어를 조심스럽게 원래의 자리에 놓았다. 난간에 매달린 피규어는 소리 없이 앞뒤로 흔들렸다. 맞은편 부엌 식탁 앞에 외따로 있는 피규어와 눈이 마주쳤다. 오른손에 책을 들고 있었고 화가 난 듯 보였다. 어쩌면 겁을 먹은 걸지도 몰랐다. 설희는 겁을 먹으면 화가 난 표정을 지었으니까. 바로 지금처럼.

서재 쪽으로 걸어오는 발걸음 소리가 들렸다. 거인이 걷는 것 같은 진동이 느껴졌고 늑대의 몸에서 날 법한 고약한 냄새가 풍기는 듯했다. 심장이 또 한번 요동쳤다. 설희는 크게 심호흡을 했다.

*

**당신에게 죽음을**

아홉 살 오은수는 아저씨가 엄마를 옆으로 밀친 다음에 종아리를 지그시 뭉개는 걸 봤다. 짓눌린 다리에서 엄마의 신음보다 더 큰 소리가 났다. 뼈가 부러지는 소리였을 것이다. 이미 엄마 몸엔 핏자국과 멍 자국이 여럿 있었다. 엄마가 더는 비명조차 지르지 않게 되자 아저씨는 오은수를 쳐다봤다. 발길질은 약해졌지만 끝나진 않았다. 방구석에 쪼그리고 앉아서 엄마를 걱정하다가 아저씨의 시선을 느끼면서부터 눈을 감았다. 하지만 기어이 생각이 났다. 엄마를 때리는 아저씨 얼굴을 잊을 수가 없었다. 그 숨소리를 지울 수 없었다. 그는 격렬한 운동을 하는 것처럼 숨을 몰아쉬었다. 그 숨소리가 오은수에게 뭔가 말하는 거 같았다. 기다리라고. 그 자리에서 조금만 기다리라고. 곧 네 차례가 올 테니. 그때 엄마는 어린 딸을 보고 있었을까? 딸이 당신을 보고 있다는 걸 알고 있었을까? 그건 사랑이 아니었다. 그 집에 사랑은 없었다.

　엄마를 보며 죽음에 이르는 병을 떠올렸다. 꼭 병에 걸리지 않아도 저렇게 맞기만 하다간 죽을 게 분명하다고, 짓밟히고 흔들리는 엄마를 보며 생각했다. 엄마가 죽으면 어린 자신은 아저씨와 단둘이 남게 될 텐데 그것만은 피하고 싶었다. 엄마가 죽기 전에 이 집에서 아저씨를 내쫓을 방법을 고민했다. 고민에 빠진 채 학교에서 집으로 돌아오는 날엔 하굣

길이 느릿느릿 길어졌다.

열세 살 되던 해의 여름, 아저씨가 자신에게도 손을 대기 시작했다. 오은수는 시뻘겋게 달아오른 팔뚝을 문지르며 자신을 스스로 지키기로 결심했다. 생각만으로는 현실을 바꿀 수 없었다. 우는 대신 울게 하리라 마음먹었다. 보건실에서 감기약을 받아와 한 알씩 모았고 숟가락으로 빻은 뒤에 종이로 싸서 보관했다. 약을 한 알 추가할 때마다 종이 겉면에 사선을 하나씩 그었다. 다섯 개짜리 빗금 뭉치 열 개를 채우고 나서 저녁 메뉴로 카레가 오를 날을 기다렸다. 카레가 먹고 싶다고 말하면 엄마는 시퍼런 손으로 등짝을 때릴 거라는 걸 알고 있었다. 주어지는 음식을 먹듯, 주어진 삶을 살아 내는 일이 엄마에게는 중요했다. 이전까지 오은수는 그 규칙을 잘 따르는 아이였다. 하지만 더는 아니었다. 이제 누구에게도 맞고 싶지 않았다.

어느 겨울날, 학교에서 돌아와 보니 카레 냄새가 대문 밖까지 퍼져 나왔다. 엄마가 자릴 비운 사이 종이로 싸 두었던 가루를 카레에 넣고 휘저었다. 텔레비전에선 사람들이 웃고 떠드는 소리가 들렸지만 이편에서 들리는 건 밥알 씹는 소리, 술이 목구멍으로 넘어가는 소리뿐이었다. 고개를 처박고 허겁지겁 카레를 먹은 뒤 음식물 쓰레기를 묻어 두던 뒷마당에 가서 먹은 걸 모두 게웠다. 눈치챈 사람은 없었다. 방에 들어가서 곧 재가 되어 버릴 물건들과 인사

**당신에게 죽음을**

하며 엄마를 기다렸다. 엄마에게 새 무대를 선사하고 싶었다.

"은수야, 세탁소 아줌마가 가게 좀 봐 달라고 해서, 거기 다녀올게."
"오늘 세탁소 가는 날이었나?"
"그래. 수요일이잖아."
"언제 오는데?"
"늦을 거야. 먼저 자."
"아저씨는?"
"주무신다. 슈퍼 문은 닫았으니까. 누가 문 두드려도 열어 주지 말고. 너도 불 끄고 얼른 자."

엄마가 나간 뒤 시꺼먼 거실에 서서 벽시계 시침이 한 칸 움직이길 기다렸다. 딸깍, 신호에 맞춰 안방 문을 열고 아저씨가 잠든 것을 확인했다. 보일러실에서 기름통을 꺼내 안방과 거실을 오가며 휘발유를 뿌렸다. 온 집 안에 기름 냄새가 진동했다. 현관 앞에 서서 공 모양으로 구긴 신문지에 불을 붙이고 안방 문을 향해 던졌다. 신문지에 붙은 불씨는 포물선을 그리며 떨어졌다. 불길이 타올랐다. 팔과 다리 중 어느 부위를 그을릴까, 고민하다가 지금까지 당한 고통으로 충분하다는 생각에 마음을 바꿨다. 몸 어디에도 화상 흉터를 남기긴 싫었다. 대신 연기를 조금 들이마실 작정으로 허리를 굽히고 현관문 앞에 서 있었다. 불길은 예상보다 더 빨리 퍼졌다. 불이 벽체를 타고 오르자 안방 쪽에서 커다란 숨소리가 새어 나왔다. 안방 문이 흔들리기 시작했고 문이 열렸다. 문을 연 건 아저씨가 아니라 화염이었다. 산소를 집어삼킨 불길이 쉬이익 괴상한 소리를 내며 타올랐다. 이어서 불길 아래로 아저씨가 기어 나왔다. 그는 더 기이한 모습을 하고 있었다. 오은수는 얼어붙은 채로 서서 입을 틀어막았다. 그가 손으로 안방 문턱을 잡고 일어서기 위해 안간힘을 쓸 때 현관문이 열렸다. 엄마였다. 머플러로 입을 막은 엄마는 현관 밖으로 오은수를 밀쳐 내고 불길 속으로 주춤거리며 들어갔다. 엎드린 자세로 문턱을 잡고 있던 아저씨를 향해 손을 내뻗은 엄마의 모습이 잠시 깜빡거리다 사라졌다. 바닥과 지붕을 연결하던 불길이 검붉은 연기에 뒤덮였기 때문이다. 기침이 터져 나왔다. 연기와 화염에 한 걸음씩 밀리다가 결국 대문 밖까지 물러났다. 두꺼운 연기가 솟아오르고 담벼락 위로 불길이 솟구치는 동안 저 문을 열고 엄마가 탈출하는 장면을 꿈꿨다. 그런 일은 일어나지 않았고 문밖으로는 검은 연기와 매캐한 냄새만 퍼져 나왔다. 손바닥에 가득한 검댕을 소매와 가슴팍, 무릎에 문지르고 세탁소로 달려갔다. 눈이 따끔거렸다. 엄마가 아저씨를 구하기 위해 불 속으로 뛰어들어갔다는 게 믿기지 않았다. 고통을 자초하고 죽음을 불사하는 일이 어째서 사랑인가. 엄마는 어딘가 고장 나 버린 걸까. 사랑으로 사람을 죽일 수 있을까.

**당신에게 죽음을**

경찰에게 그날 밤 일을 말했다. 술에 취해 엄마를 때린 아저씨와 새벽녘 문틈으로 밀려 들어온 매운 연기에 대해 짧은 문장으로 여러 차례 반복해 말했다. 세탁소 아주머니와 마을 주민들이 아저씨의 잦은 폭행을 증언했다. 마음이 바뀐 시기도 있었다. 몸이 차게 식을 때, 아저씨를 끌어내려 한 엄마의 마지막 모습이 생각날 때였다. 오은수는 울면서 별개의 사실을 말했다. 카레에 감기약을 섞었고 그걸 다 같이 먹었다고 말이다. 보건교사를 만나고 온 경찰은 오은수의 말을 바로잡아 주었다.

"보건실 선생님은 네가 누군지도 모르더구나."

경찰이 말했다.

"너희 집에 불이 난 건 네 탓이 아니야."

다른 경찰이 말했다.

폭력을 일삼던 남자가 신변을 비관하여 저지른 극단적 선택. 비참한 화재 현장에서 기적적으로 살아남은 아이. 사건은 그렇게 기록됐다. 경찰은 오은수를 자동차에 태워 외할머니 집으로 보냈다. 시간이 흘렀다. 오은수는 매년 그날이 되면 엄마의 무덤을 찾아가 인사를 건넸다. 엄마, 왜 아저씨를 구하려고 했어? 그건 뭐였어? 그게 사랑이야? 엄마는 답하지 않았다. 오은수는 답답하면서도 홀가분했다. 자신이 뭐든 할 수 있는 사람이라는 걸 알았다. 죄책감

에 괴로워질 줄 알았는데 더없이 자유로운 기분이
들었다.

오은수가 다시 누군가를 죽이기로 마음먹은 건
스무 살이 되던 해 여름이었다. 운전 연수를 받았다.
익숙한 코스를 벗어나자 오은수는 허둥대기 시작했
고 급기야 건너지 말아야 할 다리를 건넜으며 신호
를 어겼다. 비상 깜빡이 버튼을 누른 뒤 유턴을 하려
는데 강사가 제지했다.

"그냥 계속 가세요. 언젠가 돌아가게 되어 있으니
까. 괜히 멈춰 서거나 후진하다 보면 꼭 사고가 나
요. 어쩔 수 없어요. 내가 선택한 길이다, 하고 받
아들여야지."

그렇게 말하고선 강사는 오은수의 오른쪽 허벅지
에 손을 댔다.

당장 차에서 내리고 싶었지만 차들이 쌩쌩 달리
는 도로 한가운데에서는 어찌할 수 없었다. 핸들을
꽉 쥐고 전방을 주시하며 목적지에 다다르는 수밖
에. 연수는 그날로 끝이었다. 한동안은 액셀을 밟을
때마다 강사의 축축한 손바닥이 허벅지에 닿는 것
같았다. 오은수는 평생 운전을 할 수 없을 거라고 여
겼다. 축축한 느낌이 남아 있는 다리로 액셀과 브레
이크를 밟을 수는 없는 노릇이었다. 그러던 어느 날
깨달았다. 그 쓰레기 때문에 운전을 포기하면 안 되
겠구나 싶었다.


**당신에게 죽음을**

오은수는 그가 일하는 곳을 알고 있었다. 연수의 시작점은 언제나 그의 카센터였다. 가방 속에 등산용 칼을 집어넣었다. 가죽 케이스에 담긴, 그립감이 좋은 폴딩 나이프였다. 자신의 허벅지 위에 가져다 댔던 손바닥을 두어 번 그은 뒤 숨통을 끊을 작정이었다.

"아, 사장님이요? 지난여름에 돌아가셨는데?"

바닥에 누워 차량 정비를 하고 있던 남자가 오은수를 빤히 올려다보며 묻듯이 답했다.

"어떻게 돌아가셨는지 여쭤봐도 될까요?"

오은수는 미간을 좁히며 물었다. 누군가 먼저 죽인 건가 싶었다.

"누구시라고 했죠?"

수건으로 목덜미를 훔친 남자가 누운 채로 물었다.

"그분한테 운전을 배웠거든요. 그때 워낙 잘 가르쳐 주셔서 지나가는 길에 들렀어요. 인사드리려고."

오은수는 비타민 음료가 든 상자를 건네며 말했다.

"한참 늦으셨네." 그가 몸을 일으켜 상자를 받아 들었다. "음주 운전이요. 아가씨는 술 마시고 운전 같은 거 하지 마세요. 큰일 치르기 싫으면."

모든 일에는 때가 있다. 꾸물대다간 주어진 몫을

놓칠 뿐이다. 분노도 복수도 모두 표류하고 말았다. 이후로 오은수는 무언가 태워야겠다는 결심이 서면 망설이지 않았다. 재빨리 계획을 세우고 실행했다. 쓰레기는 제때 태워야 했다. 그렇다고 성급하게 나서진 않았다. 서사를 만들고 당위를 갖추고 알리바이를 구축했다. 약대를 졸업하고 연극을 공부한 건 그 때문이었다. 마땅히 죽어야 할 자들에게 적용할 생화학적 지식을 배워야 했다. 완벽한 살인을 위해선 잘 짜인 극이 필요하다는 걸 알았다. 오은수의 극은 개인적인 영역에서 시작했고 등가교환의 법칙을 따랐다. 희생 없이는 아무것도 얻을 수 없었다. 그게 약화학의 기본, 환원론이었다.

*

이수혁을 처음 만났을 때 오은수는 〈푸른 수염〉 쇼케이스를 끝내고 피로 물든 방을 정돈하고 있었다. 연출가는 짧은 쇼케이스에서 모든 걸 보여 줄 작정이었다. 암전과 명전으로 막이 대체되었고 쉴 새 없이 대화가 이어졌으며 배우들의 동선이 뒤엉키는 통에 소품과 장식이 원래 위치에서 조금씩 이동했다. 오은수는 대기실에 들어가지 않고 무대에 남아 소품을 고정하고 장식을 정리했다. 허리를 졸라맨 의상을 당장 갈아입고 싶었으나 기울어진 소품이 더 신경 쓰였다. 의자 위에 올라서서 벽에 걸린 액자를 바로잡고 있는데 조명감독이 손님이 왔다고 소리쳤다. 불빛이 오은수를 한 번, 그리고 남자가 있는 쪽을 한 번 번갈아 비췄다. 정장 차림의 남자가 무대 계단 아래 서 있었다.

"여기로 가 보라고 하던데요. 기잡니다. 무대미술에 관해 좀 여쭙고 싶어서요."

불빛을 가리느라 수첩을 쥔 손을 머리 위로 들어올린 채로 남자가 말했다.

"올라오세요."

무대에 올라선 남자는 두리번거리며 푸른 수염의 책상 앞으로 다가왔다. 큰 키에 마른 체형의 남자가 길게 늘어뜨린 서류 가방이 그의 걸음을 따라 앞뒤로 흔들리다가 멈춰 섰다. 짧은 머리카락이 볼록하게 튀어나온 이마를 살짝 덮었고 오뚝한 콧대가 번들거렸다. 그가 고개를 움직일 때마다 금속 안경테와 안경 렌즈가 무대 조명을 반사했다. 이따금 렌즈 안쪽의 작고 가는 눈이 무언가를 감지하는 것처럼 깜빡이는 게 보였다.

"무대미술 담당하신 오은수 씨 맞으시죠?"
"무슨 일이죠?"

의자에서 내려와 오은수가 답했다.

"공연 잘 봤습니다. 무대가 인상적이어서요. 가까이에서 보고 싶다고 감독님께 부탁했습니다. 오은수 씨를 만나 보라고 하더군요."

남자는 오은수와 무대를 번갈아 보며 말했다.

"연출이 욕심을 과하게 부리긴 했죠. 두 시간짜리 극을 30분에 욱여넣었으니."
"그래도 지루하진 않던데요? 객석에서도 숨이 막히더군요. 결말은 파격적이었고요."

오은수는 조명과 특수 물감을 이용해 방 전체를 붉게 물들이는 마지막 신을 좋아했다.

"관객이 받아들이기에 좀 잔인하지 않을까 싶었는데요. 아무래도 소극장이니까요."
"파국에 이르지 않는 극은 좀 밋밋하지 않나요?"

남자는 입을 다물고 수첩에 무언가 써 내려간 다음 한 걸음 뒤로 물러서서 짙은 초록색으로 칠한 벽면과 벽에 걸린 액자를 바라봤다.

"이곳에 놓인 장식품 모두가 살인 도구로 쓰인다는 게 놀라웠습니다."

펜촉 모양의 조각상을 바라보며 그가 말했다.

"범인은 언제나 가까이 있는 법이죠. 물론 범행 도구도." 오은수는 조각상을 그의 손에 쥐여 주며 덧붙여 말했다. "만져 보세요. 손을 좀 타야 하거든요."

"꽤 무겁네요."

그는 조각상을 어깨높이까지 들어 올렸다가 내려

**당신에게 죽음을**

놓으며 조금 휘청였다.

"머리를 한 방에 박살 내려면 그 정돈 되어야죠."

"저건 세 번째 부인을 살해할 때 쓰는 거죠?"

사슴 머리 모양의 헌팅 트로피를 가리키며 남자
가 말했다. 두 갈래로 갈라진 뿔 표면엔 붉은 얼룩이
희미하게 남아 있었다.

"네 번째요." 오은수는 벽에 걸린 엽총을 쓰다듬
었다. "저는 이 총에 맞죠."

오은수는 쇼케이스라 의상을 붉게 물들이진 않았
다고 부연했다. 초록색 벽면 한쪽에 걸린 꽃다발 앞
을 지나 그가 다시 책상 앞에 멈춰 섰다.

"이건 여섯 번째, 맞죠?" 남자가 들고 있던 수첩
으로 은색 레터 오프너를 가리켰다. 손잡이에 물레
바퀴를 든 네메시스가 새겨져 있었다.

"맞아요. 제대로 보셨네요."

"19세기와 21세기가 교묘히 섞인 무대라는 점도
재밌습니다."

"지금 시대가 딱 그렇잖아요. 19세기에나 일어날
법한 일이 끊이지 않죠."

"그래도 푸른 수염 같은 인물이 등장할 수는 없겠
죠."

남자는 수첩을 가방에 넣으며 말했다.

"정말 그렇게 생각하세요?"

"사적 복수의 쾌감을 위해 만들어 낸 악인, 아닌 가요?"

"근처 어딘가에 진짜 있을지도 모르죠."

남자가 가방끈을 잡으며 미소 지었다. "이렇게 매력적인 방을 가지고 있는 인물이라면 저도 궁금하긴 하네요."

"기회가 되면 저희 집에 초대할게요."

오은수는 손바닥으로 입을 가리고 낮은 목소리로 말했다.

"죽을 각오를 해야 하는 거죠?"

남자도 오은수를 따라 작게 말했다.

"나는 공적 복수만 해요."

"그렇다면 안심이 되네요."

"현실을 바꾸려면 뭔들 못 하겠어요."

"변화, 좋죠." 남자가 고개를 끄덕였다. "제가 시간을 너무 뺏었네요. 오늘 대화 즐거웠습니다."

남자가 악수를 청했다.

"저도 반가웠어요." 남자의 손을 살짝 쥐고 눈을 맞췄다. 축축하지 않으면서 부드러운 온기가 손바닥 가득 차오르는 것을 느꼈다. 손을 거둬들인 남자가 한 발 물러서서 명함을 건넸다. 그리고 모자에서 토끼를 꺼내는 마술사처럼 가방 속을 한참 휘젓더

**당신에게 죽음을**

니 노란색 비닐에 싸인 레몬 향이 감도는 프로폴리스 사탕을 건넸다.

"목이 중요하잖아요."

오은수는 이수혁이 출입문을 빠져나가는 걸 보며 입 안에 사탕을 넣고 부드럽게 굴렸다.

한동안 이수혁은 자주 공연장을 찾아왔다. 그러다가 오은수가 파트타임으로 일하던 약국에 들러 영양제와 비타민을 사 갔다. 약국에 손님이 끊이지 않는 날에는 커피를 사 들고 와서 구석진 자리에 앉아 책을 읽거나 휴대전화로 게임을 하며 오은수와 대화할 시간이 나길 기다렸다.

"자르는 게 뭐예요?"

오은수가 소리 없이 다가와 이수혁이 열중하던 게임 화면을 들여다보며 물었다. 검푸른 이끼 같은 게 사라지고 있었다.

"덤불이요. 검으로 베거나 불로 태워서 해로운 덤불을 제거하고 근처에서 어슬렁거리는 몬스터를 처단하는 거예요."

이수혁이 화면 위에 엄지를 가져다 대자 게임 속 캐릭터가 검을 휘둘렀다.

"왜 그런 일을 해야 돼요?"
"이 던전 어딘가에 보물이 있거든요."

"보물이 뭔데요?"

"여러 가지죠. 금도 있고 집도 있고 새로운 무기도 있고. 사랑하는 사람도 만나요."

"누구는 일하고 있는데, 게임을 하고 계셨다?"

"왜 갑자기 손님이 뚝 끊겼을 거 같아요? 내가 괴물을 다…."

그때 출입문이 열리고 손님이 들어왔다. 이윽고 손님이 나간 뒤에 오은수는 전면 창에 블라인드를 치고 문을 잠갔다.

"괜찮아요?"

"브레이크 타임이에요. 저한테도 이 정도 권한은 있죠."

푸른 수염의 세 번째 부인 톤으로 말했다. 이수혁은 오은수에게 좋은 배우가 될 거라고 말했다.

"연기, 계속할 생각 없어요. 내가 관심 갖는 건 무대미술이거든요." 오은수는 단호했다. "연기는 지금도 일상에서 하고 있잖아요."

계속할 생각이 없다고 말할 때조차 오은수는 연기하는 것처럼 보였다. 진짜 욕망을 숨김으로써 자신의 재능을 온몸으로 뿜어내는 사람. 그런 야망이 오은수를 더 매력적인 사람으로 만든다고 이수혁은 생각했다.

"왜 무대예요?"

**당신에게 죽음을**

"그게 재밌으니까요."

"〈푸른 수염〉 각본을 직접 썼다면서요?"

"그것도 재밌죠."

"소설이나 드라마는 쓴 적 있어요?"

오은수는 이수혁에게 커피를 건네받으며 고개를 저었다.

"왜 안 써요? 그런 게 팔리잖아요."

"그건 현실이 될 수 없으니까요."

"연극도 마찬가지 아닌가요?"

"무대가 있고 인물이 직접 움직이잖아요. 무대 위에선 모든 게 현실이 되죠. 내가 통제할 수도 있고요. 그래서 삶 자체를 무대로 바꾸려는 시도 중이죠." 그녀는 커피 잔에서 손을 떼고 손가락을 오므렸다가 펴며 말했다. "빛이 있으라."

오은수는 맞은편 벽면을 가리켰다. 약이 가득한 선반 위에 달린 조명이 마티스의 그림을 비추고 있었다. 푸른 옷을 입은 인물들이 춤추는 모습을 담은 작품이었다.

"〈푸른 수염〉 끝나고 나니까 새 작품 진도가 안 나가네요."

"왜요? 라이터스 블록 같은 건가?"

"쓸모없는 사건은 태워 버렸고 필요 없는 인물은 다 지워 버렸거든요."

"무대 위로 올라올 배우가 남지 않았다?"

"그런 셈이죠."

"여기 제가 있고 은수 씨가 있고 무대까지 있으니, 이제 사건만 만들면 되는 건가요?" 양손을 맞잡고 이수혁이 말했다. "좋아요. 제가 뭘 하면 될까요?"

"일단." 상체를 앞으로 내밀며 오은수가 말했다. "거기 그대로 있으면 돼요."

오은수의 입술이 이수혁의 입술에 포개졌다. 빛이 있으라는 오은수의 지시가 뒤늦게 전달된 것처럼 천장에서 푸른 빛이 나풀거리며 내려왔다. 오은수는 뜨거운 손바닥 하나가 뺨에 닿는 것을 느꼈다. 이수혁이라면 공들여 만든 무대에 난입하지 않으리라 믿었다. 자신이 무엇을 하든 객석에서 찬사를 건넬 것 같았다. 무엇보다 자신을 뜨겁게 만들어 줄 존재라고 확신했다.

연애 기간, 관계가 조각날 만큼의 위기는 없었다. 사소한 오해와 작은 다툼은 있었으나 오래가지 않았다. 이듬해 여름, 두 사람은 결혼식을 올리는 대신 빈 공연장에서 반지와 사랑을 담은 편지를 나누며 결혼 생활을 시작했다.

그리고 시간이 흘렀다. 프로폴리스 사탕과 디카페인 커피를 건네던 이수혁은 이제 없었다. 오은수도 그와 있을 때 더는 블라인드를 내리지 않았다. 시간이 갈수록 각자의 금고에는 점점 많은 것이 들어

**당신에게 죽음을**

찼고 자물쇠는 견고해졌다. 서로를 끌어당긴 크고 작은 차이가 서로를 밀어내는 데 기여했다. 결혼 생활은 본격적인 권태기에 이르렀다. 오은수는 약국과 극단 연습실을 오가며 이수혁을 견디고 있었다. 밤늦게 집에 돌아오면 째깍째깍 소리가 나는 폭탄 하나가 거실 어딘가에 놓여 있는 것 같았다. 언제 터질지는 알 수 없었다. 암전과 잠깐의 명전, 그리고 다시 긴 암전이 반복된 여름이었다.

오은수는 이수혁이 다른 사람을 만난다는 걸 알아챘다. 확인 절차는 간단했다. 잠든 남편의 머리맡에 있던 그의 휴대전화를 들고 몸을 일으켰다. 이불밖에 널브러진 이수혁의 오른손 검지를 홈버튼에 가져다 대자 환한 불빛이 침대 위로 떨어졌다. 잠금 해제 아이콘을 누르고 화면 밝기를 조절한 뒤 이수혁의 방으로 걸음을 옮겼다. 이제 둘의 관계에 이름을 붙일 시간이었다. 메신저 대화창 목록에 낯선 이름들이 붙박여 있었다. 오은수는 대화 속으로 들어갔다. 대화의 시작점을 찾으려면 스크롤을 끊임없이 올려야 했다. 언제나 무언가를 묻는 이수혁의 질문이 맨 위에 위치했다. 비슷한 패턴이었다. 보존 기간이 만료된 탓에 삭제된 사진이 다수였으나 글과 감정은 그대로 남아 있었다. 가벼운 안부 인사에서 시작한 대화는 가파른 속도로 발전했다. 이수혁과 그녀들은 퇴근 후 카페에서 만났으며 산책을 즐겼다. 그녀들이 쉬는 날이면 집과 멀리 떨어진 도시에서 데이트했다. 간혹 그녀들의 집에서 만나기도 했고 그때마다 그는 마트에서 필요한 것들을 사 갔다. 와인, 치즈, 요거트, 식빵, 칫솔과 수건, 고양이 간식, 그리고 콘돔도 있었다. 한 명, 두 명…. 그는 지치지 않았다.

불륜까진 귀여웠다. 상대를 기만하고 조종하는 이수혁의 수법도 참아 줄 수 있었다. 훗날 찾아올 모멸감과 수치심은 언젠가 그의 거짓말을 알게 될 상대방의 몫이지 오은수의 것이 아니었다. 진짜 문제는 이수혁이 허락도 없이 오은수의 상자에 손을 대면서 벌어졌다. 약국을 이전하고 새 연극 대본을 완성한 뒤에 머리를 식힐 겸 들여다본 이수혁의 휴대 전화에서 오은수가 숨겨 둔 단어들을 발견했다. '파평시 초원슈퍼 화재', '월하동 카센터 직원 자살', 'J대 연극영화과 룸메이트 살인 사건', '커피담 카페 매니저 실종'까지 익숙한 사건명이 저장된 검색어 목록 하단을 차지했고 그 위로 연관 검색어가 이어졌다. 마지막 검색어는 공익 제보자 보호 조치와 관련된 낱말이었다.

오은수는 옷장 안쪽에 쌓아 둔 신발 상자를 확인했다. 그 상자 안에는 여태껏 오은수가 살인했던 무대를 레고 블록으로 만든 미니어처가 들어 있었다. 오은수는 언젠가 자신만의 서재가 생기면 맞춤한 진열장을 들여놓고 미니어처를 전시할 생각이었다. 극단에서 자신과 의견을 같이하고 조언을 아끼지 않았던 몇몇 동료를 초대하여 제대로 된 오프닝 행사를 하고 동인을 조직할 계획을 갖고 있었다. 그때를 위해 정리해 둔 포트폴리오를 허술하게 놔둔 게 잘못이었을까.

이 아파트로 이사 올 때만 해도 이수혁은 보통 사람들과는 다르다고 믿었기에 마음 깊은 곳에서는 이수혁이 미니어처의 의미를 알아봐 주길 원했다. 그건 오은수의 자취이자 성취였으니까. 같이 무대에 설 순 없어도 무대에서 이룬 성과를 들여다봐 주길 바랐다. 하지만 이제는 아니었다. 상황이 달라졌다. 자신이 발붙이고 있어야 할 곳에서 벗어나 길을 잃은 피규어를 제자리에 돌려놓을 시간이었다. 오은수는 며칠 전 새벽을 떠올렸다. 술에 취해 귀가한 이수혁이 처음 만난 날을 들먹이며 침대에 누워 잠꼬대 같은 주정을 늘어놓았다. 그러다 문득 몸을 일으키더니 문 앞에 선 오은수를 향해 물었다. 당신, 진짜야? 진짜 그랬어? 오은수가 뭐가 진짜냐고, 왜 이렇게 취했냐고 되묻기도 전에 이수혁은 입을 틀어막더니 화장실로 뛰어 들어갔다.

대체 어떻게 찾아냈을까, 어떻게 할 생각이지? 오은수는 이수혁의 계획이 궁금했다. 그가 슬그머니 방문을 열고 휴대전화를 낚아챈 다음 자신의 목을 조를지도 모른다는 상상을 했다. 아니면 칼을 들고 나타나 자신을 찌를지도 모른다고 생각했다. 그 동작이 몹시도 어설퍼서 무척 아플 거 같았다. 우르르, 쿵, 쿵. 어디선가 무너지는 소리가 들렸다. 쉬익쉬익. 무언가 들이치는 소리가 이어졌다. 연이은 굉음에 놀라 거실 창을 열어 밖을 봤다. 아파트 단지 안쪽은 고요했다. 맞은편 아파트는 어둠에 잠겨 있었다. 또 다시 무너지는 소리가 났다. 아까보다는 작게. 창을 닫으면서 암흑 속 창문에 비친 자신을 봤다. 오은수는 그 소리가 자신의 몸 안에서 연료가 타오르며 내는 소리라는 걸 알았다. 침실 문을 열고 이수혁이 잠들었다는 것을 확인했다. 여전히 규칙적인 숨소리. 어둠 너머로 익숙한 옆모습이 보였다. 그의 미지근한 입김과 고약한 입 냄새가 뛰는 가슴을 진정시켰다. 사랑으로 시작해 결혼으로 맺어진 이수혁과의 관계가 아직 끝나지 않았다는 걸 오은수는 알고 있었다. 내가 고쳐 줄게. 아직 시간이 남았다. 무엇으로 채울까. 새로운 극이 시작될 참이었다. 그래, 희생 없이는 아무것도 달라지지 않아. 이수혁 옆에 누워 무대를 구상했다. 머릿속으로 수천, 수만 조각의 레고 블록이 한꺼번에 쏟아졌다. 조립을 시작했다.

이수혁에게 선사한 무대는 지금까지 만든 그 어떤 것보다 완벽했다. 극의 완성도는 수집한 자료의 양에 비례한다는 걸 깨달았다. 경찰 조사는 예상보다 빨리 끝났고 오은수는 다음 일정을 앞당겼다. 피곤했지만 서재 한편에 만들 전시실의 밑그림을 떠

**당신에게 죽음을**

올리며 한껏 힘을 끌어 썼다.

장례식장으로 향하며 엄마를 떠올렸다. 처음 상복을 입고 맞이했던 광경은 낯설고 시끄러웠다. 그때는 할머니와 이웃들이 함께 있었다. 이제 오은수 옆에는 상조회사 직원이 서 있었다. 오은수는 발달한 장례업이 선사하는 혜택을 누렸다. 전화 한 통으로 상조회사에 장례 절차 전반의 진행을 위임할 수 있었다. 번거로운 과정은 대부분 그렇게 넘겼지만 그들이 대신할 수 없는 일이 있었다. 장례식장에서 조문객을 맞고 눈물을 훔쳐야 했다. 이수혁의 영정이 놓인 곳에서 꼬박 이틀을 보내는 일은 탐탁지 않았으나 극의 마지막 장면이라고 생각하며 견뎠다.

이수혁의 휴대전화에 저장된 번호들로 부고를 보낸 건 어쩔 수 없이 한 선택이었다. 부검 결과를 기다리던 경찰이 비밀번호를 알아낸 뒤로 그의 휴대전화는 누구나 접근 가능한 유류품이 되었다. 상조회사 직원은 전체 메시지를 보내겠다며 오은수에게 확인을 요청했다. 소식을 듣고 찾아온 이들 중에는 낯선 얼굴들이 많았다. 그쪽에서 이수혁과의 관계를 설명하고 이름을 말해도 오은수로서는 누군지 알아채지 못할 사람들이었다. 적당히 넋 나간 표정으로 그들이 건네는 말을 흘려보내며 상조회사 직원에게 인계했다. 정설희는 도서관의 다른 동료보다 먼저 와서 영정 앞에 섰다. 오은수는 그녀를 알은 체하지 않았고 그녀도 마찬가지였다. 가여웠다. 차가운 사실을 받아들일 시간이 필요할 것이다. 그러고 나면 그녀만의 이야기가 시작되겠지. 원한다면 같이 일을 해 볼 수도 있으리라 생각했다.

수사를 맡았던 경찰도 조문을 왔다. 애도 외의 다른 마음을 품고 있는지도 몰랐다. 떨어진 이수혁을 발견하고 112에 신고한 아파트 경비원도 다녀갔다. 그는 자신이 목격한 그의 마지막 모습을 전했다. 오은수는 몇몇 대목을 바로잡고 싶었으나 그저 듣기만 했다. 곧 쓰러질 것 같은 그를 상조회사 직원이 부축했다.

발인 뒤 하루를 쉬고 약국으로 출근했다. 경찰 수사망에서 완전히 벗어나기 위해서는 사람들 눈에 자주 띄는 편이 나았다. 단골과 일상적인 대화를 하면서도 종종 눈시울을 붉혔다. 어떤 손님은 인근 성당에서 진행하는 '아픔을 치유하는 사람들의 모임'을 소개해 줬고 근처 카페 주인은 자신의 사촌이 멀지 않은 곳에서 전문 상담사로 일하고 있다며 명함을 건넸다. 오은수는 그들이 전하는 위로에 붉어진 눈시울로 미소 지었다. 그리고 손님이 뜸할 때 카운터 옆 선반의 위쪽 한 칸을 비우고 유골함을 두었다.

사다리를 제자리에 놓고 돌아오는데 검정 야구 모자를 쓴 남자가 들어왔다. 자신을 이수혁의 고등학교 후배라고 소개하며 장례식장에도 찾아갔었다고 말했다. 무대를 만들기 전 이수혁을 미행하다가

그의 주변을 얼쩡거리는 남자를 두어 번 목격한 적
이 있었다. 도서관을 배회하는 변태. 가끔 설희에게
치근덕대던 남자.

"선배가 제 얘기는 안 했나 보네요?"
"워낙 자기 이야기를 안 하던 사람이었어요. 무슨
일 때문에 오셨죠?"

선배라니, 오은수는 머릿속에서 등장인물을 불러
내고 조연들의 목록을 되새겼다.

"다른 게 아니라 선배에게 받기로 한 게 있었거
든요." 오은수는 그 남자, 한교원을 바라봤다. "돈이
요."

"돈이요?"
"네. 5000만 원."
"수혁 씨가 그쪽 돈을 빌렸나요?"
"아니, 돈은 아니고요. 제가 뭘 좀 팔기로 했거든
요. 선배가 그걸 사기로 했고요. 그게 다 얘기가
됐는데… 일이 누구 때문에 참, 이렇게 됐네요."

오은수는 한교원의 꿍꿍이가 궁금했지만 보채지
않았다.

"유서는 없었나요? 아니면 제 앞으로 전한 메시
지라도."
"너무 갑작스럽게 떠나서요."

"그렇겠죠." 한교원은 고개를 끄덕였다. "박카스

하나만 주시겠어요?"

오은수는 냉장고에서 박카스를 꺼내 한교원에게
건넸다. 한교원은 단숨에 한 병을 비웠다. 얘는 뭐
지, 오은수는 그의 행동을 유심히 관찰했다.

"이건 뭐, 중요한 건 아니고요." 한교원은 점퍼 안
주머니에서 사진 여러 장을 꺼내 들며 말을 이었다.
"이분은 아실 테고."

트럼프 카드를 나눠 주듯 오은수 앞의 탁자 위로
사진을 내려놓으며 그가 말했다. 첫 번째 사진 속 인
물은 김정완이었다. 손을 맞잡은 김정완과 이수혁
이 극장 매점을 지나고 있었다.

"이분도 아시죠?" 그다음은 정설희였다. 음식을
사이에 두고 마주 앉아 웃고 있는 두 사람이 보였다.
"이날은 딱 걸리는 줄 알았다니까."

"그리고 마지막 이분."

한 여자와 이수혁이 모텔에서 나오는 사진이었
다. 여자의 얼굴이 앳되어 보였다. 오은수는 처음 보
는 인물이었다.

"최근에 학생을 만나고 계셨는데, 이걸 학교에서
좋아하지 않았을 거 같아요. 그렇죠?"
"그래서 이 사진들로 협박을 하고 계셨다?"
"협박이 아니라 물물교환이라고 하죠. 사진은 뭐,
많아요. 취미가 이런 쪽이라. 거래는 아주 원만하

**당신에게 죽음을**

게 성사됐는데. 뜻하지 않게 문제가 터져 버린 거예요. 너무 놀라서 카메라를 떨어트릴 뻔했다니까.”

“수혁 씨가 죽었으니 그럴 만도 했겠네요. 기대를 갖고 왔을 텐데 어쩌죠. 전 의약품 외에는 취급하지 않아서요.”

오은수는 탁자 위에 올려진 사진을 모아서 그에게 돌려주었다. 이수혁이 끌어들인 한교원의 요구에 응할 이유는 없었다.

“보기보다 성급하시네. 꼭 보셔야 할 물건이 있는데.” 한교원이 콧잔등을 손등으로 비빈 뒤 손바닥으로 입을 가린 채 계속 말했다. “그날 밤이요.”

“그날이라뇨?”

“선배가 떨어진 그날 말이에요. 제가 사진을 하나 찍었어요. 이걸 어디에 출품해 볼까 하는데 괜찮은지 좀 봐 주시죠. 신문사? 경찰서? 나는 이 약국이 끌리더라고요. 그래서 문 열자마자 달려왔죠.”

한교원은 돌려받은 사진을 품 안에 넣은 다음 새로운 사진들을 탁자 위에 늘어놓았다. 이번에도 세 장이었다. 첫 번째 사진의 초점은 거실 창에 기대어 선 이수혁에게 맞춰져 있었고 그 뒤로 오은수의 얼굴이 흐릿하게 보였다. 두 번째 사진에는 이수혁의 상체를 미는 오은수의 얼굴이 선명하게 찍혀 있었다. 마지막 세 번째 사진에서는 창밖으로 고개를 내밀고 아래를 내려다보는 오은수의 정수리가 보였다.

"각도 죽이죠?"

오은수는 사진을 자세히 관찰했다. 거실이 고스란히 담겨 있었다. 깊은 밤이었는데도 화질이 제법 선명했다. 어디서 찍은 걸까. 지상은 아니었다. 맞은편 아파트 옥상? 그 근처였다.

"경찰 수사 피해 가신 건 축하드립니다. 다 들키는 바람에 경찰서에서 못 나오면 어쩌나 조마조마했지 뭐예요. 부고 메시지 받고 얼마나 반가웠는지. 부의금은 넉넉히 넣었는데 확인하셨을라나."

오은수는 자신이 쓴 극본의 허술한 부분을 지적받고 있는 것 같았다. 그건 모욕이었다.

"그래서, 5000만 원을 기어코 받겠다는 거죠?"
"돈 얘기는 좀 이따 하고. 내가 궁금한 게 하나 있는데 말이죠."

오은수는 대꾸 없이 그를 바라보고 섰다.

"왜 죽였어요?"

주제가 뭐냐고 묻는 걸까. 오은수는 슬슬 짜증이 났다.

"원하는 게 뭐냐니까."
"황세정이랑 무슨 관계인가 해서요. 친구? 언닌

가?"

"누구?"

"17년 전, 옥상에서 떨어진 선배 여자 친구요. 그
거 때문에 죽인 거잖아요. 맞죠?"

황세정, 오은수는 그 이름을 알고 있었다. 그녀가
떨어질 때 이수혁은 그녀와 같은 장소에 있었다. 그
는 결혼 직전 고해성사를 하듯 그 이야기를 털어놓
았다. 고 3, 12월. 수능 시험을 치른 뒤였고 휴일이
라 학교에는 두 사람뿐이었다. 옥상으로 이수혁을
불러낸 황세정은 임신을 했다고 말했다. 알잖아. 내
아이는 아니었어. 이수혁은 그 사건 때문에 경찰 조
사를 받은 적이 있다고 했다. 그냥 그 자리에 함께
있었다는 게 이유였어. 그것 말고는 없어. 이수혁은
울먹이며 말했다. 오래전 이수혁에게서 들은 그 이
야기가 그의 무대를 설정하는 데 중요한 모티브가
되었을 뿐이다.

"황세정 때문이라니 그게 무슨 개소리야?"

오은수는 모자챙 안쪽에서 도사리고 있는 한교원
의 두 눈을 흘겨봤다.

"그날도 내가 다 봤거든요. 선배가 황세정 미는 거."

"내가 대신 복수라도 했다는 거야?"

"아님, 왜 죽여요?"

한교원은 약국 바닥을 훑어보며 물었다.

"하, 그래서 얼마가 필요한데?"

오은수의 입에서 한숨이 저절로 터져 나왔다.

"얼마 생각하시는데요?"
"받기로 한 돈이 5000이라면서?"
"에이, 그거랑 이거랑 같나요? 사람이 죽었는데."

오은수는 골치가 아팠다. 이수혁이 이런 혹을 달고 있었다니. 역시 죽이길 잘했다고 생각했다.

"1억?"

한교원이 말없이 고개를 저었다.

"2억. 더는 안 돼. 대신 준비하는 데 시간이 필요해."
"얼마나요?"
"보름."
"일주일 뒤에 올게요."
"사진 원본은?"

오은수는 사진 세 장을 포갠 다음 구겨서 주머니에 넣으며 물었다.

"다음 주에 보죠. 내가 가까운 곳에서 다 지켜보고 있으니까. 어디 갈 생각은 마시고. 5만 원권으로, 말 안 해도 알죠?"

한교원은 코를 찡긋하며 약국 문을 열고 나갔다. 오은수는 그의 손이 닿았던 곳에 소독용 알코올을 분사하고 닦아 내며 생각을 정리했다. 새로운 무대

**당신에게 죽음을**

를 만들 시간이 부족했다.

그날 운동장에는 한교원뿐이었다. 그는 등나무 벤치 끄트머리에서 담배를 피우다가 다투는 소리를 들었다. 먼 데서 나는 소리라 울부짖음이 섞인 욕설만 분명하게 들렸다. 개새끼. 미친놈. 여자의 목소리 위에 남자의 목소리가 거칠게 포개졌다. 옥상에서 시작된 소리는 담배 한 개비 피울 시간만큼 이어졌다. 한교원은 옥상 난간을 눈으로 훑다가 머리 두 개를 발견했다. 잠시 뒤 머리 하나가 불쑥 솟아오르더니 그대로 난간 아래로 곤두박질쳤다. 순식간이었다. 옥상에 남아 있던 머리의 주인이 난간을 향해 뻗었던 두 팔을 거둬들였다. 그 머리들의 이름을 이튿날 교실에서 알게 되었다. 황세정과 이수혁. 아이들과 교사들이 웅성거렸지만 진실을 아는 이는 없었다. 한교원은 자신이 본 것을 말하지 않았다. 확신이 없었다. 그날 한교원의 손에는 카메라가 없었다. 누구에게도 말하지 않은 채로 시간을 흘려보냈다.

그 일은 오랫동안 한교원의 머릿속에 살아 있었고 수형 생활 중 억울한 감정이 솟구쳐 오를 때마다 소리 없이 꿈틀거렸다. 죽은 사람을 본 건 그날이 처음이었고 살인자를 목격한 것도 마찬가지였다. 그날로부터 10년 뒤, 한교원은 감옥에서 이수혁의 책을 읽은 걸 운명이라고 생각했다. 출소 후 어디로 가야 할지 알게 된 것이다. 옛 기억이 순식간에 밀려

들었다. 그때 알았다. 황세정을 죽인 범인은 이수혁일 수밖에 없다는 걸. 심증은 그의 죽음을 통해 확증되었다. 황세정이 죽은 지 정확히 17년이 지난 그날, 이수혁이 오은수에 의해 추락하는 광경을 지켜보니 전율이 일었다.

이수혁은 거실을 은은하게 밝히던 통로 등을 끄고 창문을 열었다. 구름 낀 하늘에 검푸른 빛이 돌았고 스산한 바람이 창문 틈을 비집고 들어왔다. 귓가를 넘나들었던 피아노와 현악기의 협주가 심장 근처까지 울려 퍼졌다. 제목을 확인했다. 골드베르크 변주곡. 오케스트라 버전이었다. 볼륨을 높였다. 이런 음악은 제대로 들어야지. 오은수가 이수혁의 새로운 취미를 알아채고 지난 결혼기념일에 헤드폰을 선물해 줬다. 주변 소음을 완전히 차단하는 제품이었다. 오은수의 선물은 이수혁에게 늘 도움이 됐다. 이수혁은 결혼 후 오은수가 준 좋은 것들을 헤아렸다. 논문에 관한 아이디어와 피로 회복에 좋다는 영양제. 새로운 사랑을 계속 만날 수 있었던 것도 오은수 덕분이라고 해야 할까. 그런데 문제가 생겼다. 5000만 원을 마련하기 위해 옷장을 뒤지던 중 푸른 수염의 비밀 방을 연 것이다. 연극 무대를 위해 제작한 미니어처라기엔 하나하나 고증이 완벽했고 사실관계가 정확히 들어맞았다. 그 미니어처의 정체를 언제, 어떻게 물어야 할까 고민했다. 대체 그게 다 뭐야, 은수야. 이게 다 실화를 모티브로 만든 거

**당신에게 죽음을**

였어? 느슨해졌던 연주가 마지막 클라이맥스를 향해 고조됐다. 그 때문에 오은수가 거실 통로를 지나 거실 창에 기대어 선 자신에게 다가오는 것을 이수혁은 알아채지 못했다. 소리 없이 다가온 그림자가 이수혁의 등을 떠밀었다. 이수혁은 순식간에 중심을 잃고 땅으로 떨어졌다.

오은수는 두 팔을 거둬들이고 창문을 닫았다. 저 여자가 선배를 민 이유는 뭘까. 복수라도 한 건가. 한교원은 검푸른 화면 속 미소 짓는 여자를 주시하며 중얼거렸다.

약국을 빠져나온 한교원은 안심하긴 이르다고 생각했다. 이수혁 건이 막판에 틀어진 것도 방심했던 탓이었다. 그래도 더 큰 케이스를 물었으니 이런 걸 전화위복이라고 해야 하나. 집으로 돌아오는 택시 안에서 3억까지 불렀어야 했나, 후회했다. 아니지, 아직 끝나지 않았어. 잠시 뒤에는 정설희도 약국에 도착할 테고…. 적당히 위기감이 조성되면 오은수가 제아무리 강심장이라고 해도 돈을 안 내놓고는 못 배길 터였다.

약국을 찾기 전까지는 우발적인 사건이라고 생각했으나 오은수를 만난 뒤에 알게 되었다. 이건 계획적인 범행이었다. 거래가 완료되면 오은수는 이 도시를 떠나게 될까. 흥미로운 피사체를 떠나보낼 생각을 하니 아쉽긴 했다. 한교원은 오은수가 자산을 정리하는 동안 휴식을 즐기며 그동안 모아 놓은 영상을 시청할 생각이었다. 지난 6개월 가까이 공들인 프로젝트가 위기를 겪다가 마침내 막바지에 도달했음을 예감하며 도서관에서 수거해 온 카메라를 어디로 옮길지 고민했다.

*

현관 키패드가 한 음 한 음 소리를 냈다. 설희는 알파 룸의 불을 끄고 미닫이문을 닫았다. 문밖으로 누군가 복도를 따라 걷는 소리가 가까워졌다가 점차 멀어졌다. 이내 다시 서재 쪽으로 걸어오는 발걸음 소리가 들렸다. 조명이 켜지고 문이 열렸다.

오은수였다. 설희는 오은수의 가슴을 두 손으로 힘껏 밀고 문밖으로 뛰어나갔다. 오은수는 상체를 뒤로 젖혀 피하려고 했지만 설희의 팔이 더 빨랐다. 뒤로 밀려난 오은수는 그대로 넘어졌다. 설희는 돌아보지 않았다. 현관까지는 여덟 걸음이면 충분했다. 자신의 신발이 현관에 있었다는 걸, 오은수가 자신의 침입을 진작 알아챘다는 걸 그제야 깨달았다. 신발을 구겨 신은 뒤 문손잡이 레버를 아래로 내리며 밀었다. 반 뼘만큼 문이 열리다가 멈췄다. 눈높이에 설치된 쇠사슬 안전 고리가 문을 팽팽하게 당기고 있었다. 문을 닫고 고리를 풀려는데 삽입부 안쪽으로 들어가 있는 쇠사슬이 꼼짝하지 않았다. 쇠사

**당신에게 죽음을**

슬 끝부분을 붙잡고 여러 번 잡아당겼다. 홈에 끼어 움직이지 않던 쇠사슬이 조금씩 움직였다. 안전 고리를 풀어내고 문을 밀었다. 설희의 왼발이 문턱을 넘었을 때 뒤에서 당기는 힘이 느껴졌다. 오은수가 설희의 등 뒤로 자신의 가슴을 밀착하고 팔을 굽혀 설희의 목을 졸랐다.

현관문이 닫히고 자동 잠금장치가 작동했다. 설희는 다시 오은수의 집으로 들어왔다. 오은수는 설희를 구속하는 자세를 유지하며 한 발자국씩 뒷걸음질 쳤다. 설희는 그대로 끌려갔다. 겨우 숨을 쉴 순 있었으나 힘을 쓸 수 없었다. 현관을 거쳐 통로를 지날 때 설희는 겨우 모은 힘을 이용해 벽 쪽으로 오은수를 몰아붙이려 했고 오은수는 설희를 거실까지 끌고 가기 위해 필사적이었다. 이번에도 무대는 거실이어야 했다. 설희는 조르고 있던 팔이 느슨해진 틈을 타 오은수의 오른쪽 옆구리를 팔꿈치로 내리치며 마침내 빠져나왔다. 허리를 숙인 오은수가 타임을 요청하듯 손바닥을 머리 위로 치켜들었다.

"잠깐, 잠깐만요." 오은수는 고개를 들고 미간을 찌푸렸다. 허리를 곧추 펴는 데까지는 시간이 좀 걸렸다. "아우, 인사를 뭐 이리 거칠게 하실까. 무단침입 한 건 그쪽 아니에요?"

"그래서… 도망치려던 거잖아요."

설희는 붉은 얼굴로 숨을 토하듯 몰아쉬며 말했다.

"아, 뻔뻔하시네." 오은수는 옆구리에 손을 올리고 웃었다. "책 찾으러 온 거 맞죠? 무인 반납함에 저게 들어가야 말이죠."

오은수의 왼팔이 주방을 가리켰다. 식탁 위에 《아기 돼지 세 자매》가 놓여 있었다.

"책 재밌던데요? 마지막이 너무 슬프더라. 거기서 끝이에요?"

그놈의 후속 편 타령. 지긋지긋했다.

"나는 어떻게 될지 알겠던데." 설희가 식탁 옆으로 가서 호흡을 고르며 책 상태를 확인하는 동안 오은수가 말을 이었다. "언니들은 구하러 오지 못해요. 늑대한테 물려서 패혈증으로 다 죽었을 테니까."

"그건 알 바 아니죠."

"좋아요. 근데 어떻게 들어왔어요? 암벽이라도 타셨나."

설희는 주머니에서 카드 키를 꺼내 오은수 쪽으로 던졌다.

카드 키를 건네받은 오은수가 거실 중앙에 서서 서재를 가리키며 말했다. "서재 구경은 잘 했어요?"

"진짜 흥미로운 건 안쪽에 있더군요."

"좀 엉망일 텐데. 큐레이션을 다시 하는 중이라." 오은수가 거실 창 쪽으로 한 걸음 이동했다. "여기였어요. 그 사람 떨어진 자리가."

"당신이… 밀었나요?"

"내가요? 왜요?"

"마지막 미니어처요. 거실 창 아래로 남자가 매달려 있더군요. 그걸 지켜보는 여자가 있었고."

"은유, 몰라요?"

"미술관에서 당신이 했던 말이 생각났어요. 죽을 때 저런 표정을 지을 리 없다는 말. 보통 사람이 그런 걸 생각할까요?"

"이상하네요. 그 남자를 보고 있었던 건 당신이었던 거 같은데."

오은수는 한 발 앞으로 다가왔다. 오은수의 말이 맞았다. 설희는 방법을 찾고 있었다. 늘 그 장면에 본능적으로 이끌렸다. 여자가 남자를 죽이는 순간, 그게 궁금했다.

"인스타그램은 당신 작품인가요?"

"마음대로 생각해요. 이수혁이 어떻게 죽었든 그게 당신한테 중요해요?"

"사랑했으니까요."

설희는 호흡을 고르며 흥분을 가라앉히기 위해 노력했다. 오은수가 한 발 더 앞으로 다가왔다. 어둡고 깊은 눈동자가 설희의 얼굴을 정면으로 응시했다. 오은수는 일말의 동요도 하지 않았다. 확신에 차 있었다.

"생각해 봐요. 당신은 그 사람의 훌륭한 먹잇감이었어요. 도서관의 당신 전임자랑 사귀었던 건 알아요? 최근에는 학생도 만났죠. 그래서 깨달았어요. 아, 이 사람 잘못됐구나. 고장 났구나. 병이 난 거야. 그럼 내가 약을 써서 고쳐 줄게. 다른 사람한테 민폐 끼치지 않게. 처방전도 필요 없었죠."

오은수는 준비했던 말을 쏟아 냈다. 설희가 목을 매만지던 손을 내려놓고 주먹을 말아 쥐었다.

"당신 작품들… 어떻게 만들어졌을지 이제 알 것 같아요."

"죽어도 싸다는 말이 있죠? 내가 만든 모든 죽음에는 그럴 만한 당위가 있어요. 인과응보, 난 아직 그걸 믿거든요. 그 사람의 죽음도 그래요. 그럴 만했어요." 오은수는 한 걸음 더 다가와 귓속말하듯 설희에게 말했다. "사랑 좋아하네. 당신도 나랑 똑같은 걸 원했잖아."

오은수는 쉴 틈 없이 말을 이어 갔다. 나는 원한 적 없어. 설희는 입 안에 맴도는 말을 뱉을 수 없었다. 이렇게 끝나길 바란 적은 결코 없었다. 그 입을 빨리 막아야겠다고 생각했다. 마침내 주먹을 뻗은 건 오은수가 설희 앞으로 한 걸음 더 다가온 뒤였다. 설희의 오른손 주먹이 짧은 포물선을 그린 다음 오은수의 관자놀이를 강타했다. 오은수는 쓰러지지 않으려 버티고 서 있었다. 설희는 얼얼해진 손을 거

**당신에게 죽음을**

뒤흔들었다. 거실 바닥으로 피가 뚝뚝 떨어졌다. 오은수의 입에서 흘러내리는 것이었다. 오은수가 양손으로 설희의 목을 틀어쥐고 벽으로 밀어붙였다. 벽에 걸려 있던 액자가 바닥으로 떨어지고 유리 조각이 사방으로 흩어졌다. 설희는 올가미처럼 조여 오는 아귀힘에 당황했다. 오은수의 두 손에서 소독용 에탄올 냄새가 올라왔다.

"내가 당신 구해 준 거, 아직도 모르겠어?"

숨이 조여 오는 와중에도 실소가 터졌다. 이걸 원한 게 아니었다. 설희가 발작적으로 기침을 하자 오은수가 아귀힘을 풀고 말을 이었다.

"말 좀 해 보지? 정설희 씨, 당신 사랑이 그렇게 대단했어? 넌 속은 거야. 아까운 시간 더 허비하기 전에 내가 구해 준 거라고."
"당신이 무슨 유디트나 된 줄 알지? 넌 그냥 살인자야."

이번에는 오은수의 주먹이 설희에게 먼저 날아들었다. 입 안의 물컹한 살점이 씹혔다. 얼굴이 달아오르고 심장이 요동쳤다. 설희도 맞받아쳤다. 주먹으로 오은수의 옆구리를 때리고 발로 무릎을 공략해 오은수를 주저앉혔다. 그대로 눕히고 그 위에 올라타 오은수의 얼굴에 주먹을 날렸다.

오은수는 두 팔을 치켜들고 방어했지만 내리꽂히

는 설희의 주먹을 모두 막을 순 없었다. 무아지경이었다. 오은수의 두 팔이 힘을 잃고 양쪽으로 벌어지자 설희는 자신의 오른팔을 뒤로 힘껏 젖히고 휘둘렀다. 오은수가 그 순간을 포착했다. 설희의 주먹은 허공에서 멈췄다. 오은수의 두 다리가 설희의 목을 옭아매더니 설희를 뒤로 넘어뜨렸다. 이번에는 설희가 웅크린 채로 오은수의 주먹을 맞았다. 피와 땀이 뒤섞여 사방으로 튀었다. 광대와 이마가 욱신거렸고 눈을 뜰 수 없었다. 가격이 계속될수록 타들어갈 듯 극심했던 통증은 점차 옅어졌다. 공은 울리지 않았고 라운드는 거듭됐다. 설희가 정신을 잃은 건 8라운드쯤이었을까. 오은수가 자신의 코앞에 귀를 갖다 대고 숨이 붙어 있는지 확인하는 모습을 보며 의식을 놓았다.

오은수는 한교원의 카메라가 지금도 이곳 거실을 향하고 있으리란 걸 알았다. 그리고 자신이 죽을 위기를 맞으면 그가 가만 있진 않을 거라고 확신했다. 돈을 받고 싶다면 움직이겠지. 싸움의 무대를 거실로 설정하고 라운드가 거듭될 수 있도록 페이스를 조절했다. 예상과 달리 설희의 주먹이 매서웠기에 오은수는 전력을 다해야 했다. 한교원이 오기 전에 죽을 수도 있겠다고 생각하자 아드레날린이 솟구쳤다.

도어록이 작동하고 현관문이 열릴 무렵 설희의 의식이 서서히 돌아왔다. 오은수가 밖으로 나간 걸

**당신에게 죽음을**

까. 설희는 무거운 눈꺼풀을 겨우 들어 올렸다. 현관에서 거실로 이어지는 통로를 따라 한 남자가 들어서는 장면이 뿌옇게 보였다. 남자가 거실로 뚜벅뚜벅 걸어 들어와 숨을 고르던 오은수를 넘어뜨렸다. 기진맥진한 상태였던 오은수는 그대로 쓰러져 기절한 거 같았다. 남자가 고개를 숙여 오은수의 얼굴을 확인하더니 쓴웃음을 지었다.

"씨발, 아니잖아."

그리고 숨을 쉬는지 확인했다.

"뒈진 줄 알았네."

남자는 가쁜 숨을 몰아쉬며 중얼거리듯 말했다. 모자를 쓰고 있었다. 검정 야구 모자였다.

설희는 움직이지 않았다. 집 안에서 신발을 신은 채로 다니는 남자의 존재를 어렴풋이 느끼고 있었다. 그가 가까이 다가오자 설희는 눈을 완전히 감았다. 남자는 선 채로 설희를 내려다봤다. 어깨를 발로 툭툭 건드리더니 기이하게 웃으며 멀찌감치 떨어졌다. 설희는 다시 눈꺼풀을 들어 올렸다. 그는 시야 안에 들어왔다가 사라지기를 반복했다. 정수기가 작동하는 소리가 들렸다. 물을 들이켠 뒤 잔기침을 한 남자가 화장실로 향했다. 소변이 변기 안으로 떨어지는 소리가 들렸다. 순간 욕지기가 일었다. 설희는 속으로 숫자를 셌다. 10초. 설희는 이 순간이 자신에게 주어진 마지막 기회라고 생각했다. 하나, 숫자를 세기 시작하자 몸이 반응했다. 관절이 시큰거리고 입가가 쓰라렸다. 어디선가 흘러내린 핏물이 왼쪽 눈에 들어가 시야가 흐릿했다. 무기로 쓸 만한 게 보이지 않았다. 벽에서 액자를 떼어 내려 했으나 꼼짝도 하지 않았다. 그때 식탁 위에 놓여 있는 정희의 책이 눈에 띄었다. 언니가 도와줄 줄 알았어. 남자가 거실로 나오기를 기다리며 현관 벽면에 붙어 섰다. 화장실에서는 보이지 않는 곳이었다. 설희의 손에는 언니의 선물이 들려 있었다. 마침내 남자가 돌아왔을 때 책의 모서리로 남자의 정수리를 내리쳤다. 온몸의 근육이 수축되었다가 이완되는 게 느껴졌다. 남자의 정수리와 뒤통수 사이에서 피가 뿜어져 나왔다. 그는 잠시 멈춰 섰다가 바닥으로 곤두박질쳤다.

남자가 쓰러지는 소리에 정신을 차린 오은수가 미간을 찡그리며 그에게 다가갔다. 남자의 머리에서 흘러내린 핏물을 밟지 않으려고 애를 썼다. 엎드린 남자의 뒷덜미 쪽으로 한동안 고개를 숙이고 있었다. 치켜 올라간 남자의 바짓단 아래로 전자발찌가 온전히 드러났다.

"죽었어요."

설희의 목소리가 조용히 바닥에 닿았다.

**당신에게 죽음을**

"저걸 차고 있는 인간이면 말 다 했죠." 오은수는 남자의 오른쪽 발목을 감싸고 있는 전자발찌를 가리켰다.

"어떻게 온 거죠?"

"이수혁이 여기저기 카드 키를 뿌리고 다녔나 보죠."

오은수는 남자의 바지 주머니에서 휴대전화를 꺼내 그의 오른손으로 잠금을 해제한 뒤 사진 앱을 실행시켰다. 휴대전화를 한참 만지작거리던 오은수의 미간이 한동안 좁혀진 상태를 유지했다.

"미친 새끼." 오은수가 한숨을 뱉듯 중얼거렸다.

"이거 좀 봐요."

오은수가 보여 준 건 몰래 찍은 사진들이었다. 누군가의 거실, 아파트 주민과 도서관 이용자들의 모습이 빼곡했다. 도서관 3층 여자 화장실에서 발견한 카메라의 주인이 여기에 있었다. 신분증보다 확실하게 그의 정체를 알려 주는 사진이었다. 설희가 사진과 영상을 일별하는 사이 오은수는 그의 가방을 뒤졌다. 가방 안에는 등산용 칼과 커다란 카메라가 들어 있었다. 성범죄자 신상을 확인하는 사이트에 들어가 그의 이름을 조회했다. 주소지와 전과를 살펴보았다. 성폭력 범죄의 처벌 등에 관한 특례법 위반. 사는 곳은 맞은편 아파트였다.

"나는 이런 새끼들을 죽여요. 이번에는 당신한테 뺏겼지만."

엎드린 남자의 얼굴 주변으로 검붉은 핏물이 호를 그렸고 비릿한 냄새가 코를 찔렀다.

"말해 봐요. 이제 뭘 해야 하죠?"

설희는 처음 역기를 들어 올리던 날 트레이너에게 말하듯 물었다.

"처리해야죠. 가요."

오은수가 터진 입술에서 흐르는 피를 닦아 내며 말했다. 설희는 고개를 끄덕였다.

*

오은수는 침실 드레스 룸에서 사람 몸통만 한 캐리어를 꺼내 왔다.

"이민이라도 갈 생각이었나 보죠?"

설희는 이마에 난 상처를 옷소매로 꾹 누르며 말했다.

"그 반대예요. 어떻게든 여기서 살려고요."

두 사람은 힘을 합쳐 캐리어 안에 남자를 구겨 넣었다. 오은수는 발의 위치가 중요하다며 자신이 하체를 맡겠다고 했다. 설희의 이마에서 계속 피가 떨

**당신에게 죽음을**

어졌다.

"머리 조심해요. 두개골이 벌어지면 골치 아프니까." 설희를 바라보던 오은수가 자리에서 일어났다. "상처 먼저 꿰매야겠네요. 식탁 의자에 앉아 봐요."

오은수는 부엌 서랍장에서 구급약이 든 상자를 꺼내 와 식탁 위에 올려 두었다.

"이렇게 여유 부릴 시간이 있어요?"

"아직은?" 오은수는 구급약 상자를 열고 바늘과 실, 에탄올을 꺼냈다. "고개 뒤로 젖히고 눈 좀 감아 봐요."

설희는 오은수가 시키는 대로 했다. 에탄올이 이마에서 뺨과 귀로 흘러내렸다.

"이제 따끔할 거예요."

오은수가 벌어진 상처를 꿰매고 매듭을 짓는 데까지는 그리 오랜 시간이 걸리지 않았다. 상처 위에는 손가락 두 마디 크기의 밴드를 두 겹으로 붙였다. 설희는 신음 한 번 내지 않았다. 난장이 된 거실에 새근거리는 숨소리만 울렸다.

"잤어요?"
"생각 좀 하느라."
"잘 참네요."
"어떻게든 살려고요."

두 사람은 캐리어 밖으로 삐져나온 한교원의 시신 일부를 안으로 집어넣은 다음 지퍼를 채웠다. 세 사람의 피로 얼룩진 거실 곳곳을 구역을 나눠 닦은 뒤 몸에 묻은 피를 씻어 냈다. 오은수가 설희에게 자신의 옷을 건넸다.

"아직 흔적이 남아 있을 텐데요."

설희는 거실을 둘러보며 말했다. 검붉은 핏물은 다 닦아 냈지만, 유심히 보면 얼룩덜룩한 자국이 무수히 많았다.

"동인들이 도와줄 거예요. 자세한 건 가면서 설명할게요. 할 일이 많아요. 얼른 출발하죠."

두 사람은 오은수의 차로 이동했다.

"중간에 전자발찌를 제거해야 돼요."

국도를 타기 전 하천 풀숲에 차를 세우고 캐리어의 지퍼를 열어 남자의 발목을 밖으로 꺼냈다. 오은수가 트렁크 구석에 있던 가방에서 체인톱을 꺼내 들었다. 설희는 차 안에 왜 그런 게 있냐고 묻지 않았다. 오은수는 능숙하게 체인톱을 작동시켰다. 세차게 톱날이 돌았다. 불꽃이 일고 핏물이 흘렀다. 전자발찌가 잘려 나갔고 살갗이 벌어졌다.

"지문 안 남게 조심해요."

설희는 남자의 발목이 더 이상 벌어지지 않도록

박스 테이프로 칭칭 감았다. 그사이 오은수는 잘라
낸 전자발찌를 풀숲 아래로 던진 뒤 돌아와 시동을
걸었다.

"거기, 선글라스 좀 꺼내 줄래요?"

설희는 글러브 박스를 열어 안경집을 꺼내 오은
수에게 건넸다. 노을이 지고 있었다.

"어디로 가는 거죠?"

저수지를 지나쳤을 때 설희가 물었다.

"내 고향." 오은수는 조수석에 앉은 설희를 보며
말했다. "거기 무덤이 있거든요."

"첫 번째 미니어처 봤어요?"
"초원슈퍼 화재 사건?"
"맞아요. 거기 근방이 다 내 사유지예요. 엄마가
죽고 나한테 넘어왔죠."

설희는 오은수의 속내가 궁금해졌다.

"어떻게 이런 일을 계속할 수 있죠?"
"말했잖아요. 나는 죽어야 할 사람만 죽여요."
"그걸 어떻게 판단하죠? 재판이라도 여나요?"
"죄보다 확실한 판단 기준이 있나요? 그런 새끼
들이 판사 앞에서 반성하는 척할 기회를 주는 것
보다 이게 낫지 않겠어요? 힘은 더 들지만."
"대단한 일 하네요."

"죽인다고 끝이 아니에요. 죽고 나면 금방 잊히거든요. 그래서 무대를 만들고 극으로 재구성하는 거예요. 사람들이 기억하게 만드는 거죠. 쓰지 않으면 금방 잊히잖아요. 아무것도 아닌 게 되죠."

"극단 사람들이, 당신이 말한 동인인가요?

"다는 아니에요. 모두의 지지를 기대할 순 없죠. 당신이 나한테 동의하지 않는 것처럼."

설희는 창밖을 바라봤다. 차량이 눈에 띄게 줄었고 속도위반을 알리는 내비게이션 경고음이 반복해서 울렸다. 초등학교와 세탁소, 초원슈퍼가 있던 자리를 지나 굽은 비탈길과 비포장도로를 타고 10여 분 들어가자 농구 코트만 한 대지가 나왔다. 완만한 숲길을 따라 오르니 컨테이너를 쌓아 올린 건물 한 채가 모습을 드러냈다.

아스팔트 도로 끝에서부터 건물 앞까지 이동하는 동안 마주친 사람은 한 명도 없었다. 주변에는 다른 인가도 폐가도 없었고 멀리서 들리는 까마귀 울음이 들리는 소리의 전부였다. 오은수는 컨테이너 건물 앞에 차를 세웠다. 건물 옆으로는 흙을 파헤쳤던 자리 위로 잡풀이 무성했다. 근방에 커다란 웅덩이가 보였다. 깊이는 1m 남짓이었고 사람 서너 명이 들어가고도 남을 크기였다. 오은수가 캐리어를 꺼낸 뒤 지퍼를 열었다.

"가방째로 묻는 게 아니었어요?"

**당신에게 죽음을**

"환경도 오염되고 아깝잖아요. 이거, 폴리카보네이트예요."

남자가 입고 있던 옷을 벗기고 웅덩이 안으로 그를 굴려 넣은 뒤에 흙을 부었다. 건물 옆 녹슨 드럼통 안에 그의 옷가지와 휴대전화를 넣고 휘발유를 부었다. 오은수가 불을 붙이자 지독한 냄새가 나면서 불길이 거세게 일었다.

"다음 할 일은 뭐죠?"
"쓰레기를 처리했으니, 새로운 극을 올려야죠."

타오르던 불길이 잦아들자 오은수가 재를 뒤적인 뒤 또 한 번 휘발유를 붓고 불을 붙였다.

"이것도 만만치 않네요."

설희는 코와 입을 가리고 말했다. 매캐한 연기가 피어올랐다.

"이 과정을 기꺼이 감수할 만큼 죽이고 싶은 사람 없어요?"
"당신이 알 바 아니잖아요."
"우리 창작 동인에 들어와요."
"무슨 일을 하는데요?"
"같이 계획을 세우고 자료와 아이디어를 수집하고 무대를 올리죠."
"착각하지 말아요. 여기까지 왔다고 해서 당신을 용서한 건 아니니까."

"이게 끝이 아닐 텐데…."

"무슨 말이에요?"

"당신 혼자 그 남자를 상대하는 게 가능할 거 같아요?"

"누구 말이죠?"

"언니를 죽인 남자요. 그 남자를 죽이고 싶잖아요."

설희는 당혹스러웠지만 내색하지 않았다. 오은수가 그 사실을 어떻게 알았든 달라지는 건 없었다.

"당신이 원하는 무대를 만들어 줄 수도 있어요."

설희는 고개를 먼저 저었다. "방해나 하지 말아요."

"그럼 당신이 말해 봐요. 어떻게 할 생각이죠? 혼자서."

"난, 내 방식대로 할 거예요."

"그거 참 궁금하네요." 오은수는 슬쩍 설희를 바라봤다. 입술 끝의 상처가 벌어져 핏물이 조금씩 새어 나오고 있었다. "도움이 필요하면 약국에 들러요. 약은 얼마든지 있으니까. 아, 전완근 훈련은 더 해야겠던데?"

설희는 대답 없이 조수석 문을 열었다.

오은수가 운전석에 올라 시동을 걸자 전조등 불빛이 잡풀과 덤불, 흙무덤을 차례로 비추었고 어느덧 오은수의 차는 어스름이 진 황량한 벌판을 덜컹이며 지나갔다.

**당신에게 죽음을**

설희는 일상 속에서 빠르게 회복했다. 다시 운동을 시작했고 밤 산책도 빼먹지 않았다. 서가 중앙에는 여전히 《아기 돼지 세 자매》가 놓여 있었다. 핏물이 닿았던 자리에 얼룩이 남았지만 지우지 않았다.

그사이 여름이 지났다. 아침저녁으로 서늘한 바람이 불었고 긴 장마가 머물다 갔다. 폭우가 쏟아질 때면 지난겨울에 보았던 커다란 웅덩이를 떠올렸다. 빗물은 그곳에 얼마나 고여 있을까. 덮어 놓은 흙은 더 단단해질까, 아니면 빗물에 쓸려 나갈까. 설희는 비 때문에 사체 일부가 조금씩 드러나진 않을지 염려했다. 아무도 몰라요. 불안이 찾아오는 순간마다 설희는 그곳을 묘지라고 불렀던 오은수의 목소리를 기억해 냈다. 그녀의 목소리와 함께 소독용 에탄올 냄새가 설희의 몸을 휘감고 지나가면 이상한 안도감에 빠졌다.

낮에는 햇볕이 내리쬐다가 밤에는 수은주가 뚝 떨어지는 10월 첫날, 설희는 퇴근길에 발신자 표시 제한이 걸린 전화를 받았다. 심부름센터였다. 낯선 목소리는 타깃의 출소가 앞당겨졌다는 소식을 전했다. 설희가 손꼽아 기다려 온 일이었다. 목소리의 주인은 출소 전 교도소에서 처리하는 방법이 있다며 그 방식이 들어가는 수고에 비해 얼마나 저렴한지 안내했다. 의뢰인의 안전도 보장할 수 있다며 판촉에 열을 올렸다. 설희는 단번에 거절하고 필요한 정보를 요청했다. 타깃이 치러야 할 죗값은 직접 받고 싶었다.

전화를 끊고 핸들을 틀었다. 도서관을 지나 노을을 바라보며 달렸다. 고층아파트 사이에 걸친 구름이 붉게 물들어 갔다. 약국은 그 자리에 그대로 있었다. 길가에 차를 세우고 가로수 옆에서 전면 창을 통해 약국을 들여다봤다. 머리카락이 하얗게 센 노인 뒤로 오은수가 보였다. 흰 가운을 입은 오은수는 설희가 알고 있는 모습보다 더 밝아 보였다. 그녀를 처음 봤던 날이 먼 기억처럼 아득했다. 오은수는 봉지에서 약을 꺼내 노인에게 성분과 복용법을 설명했다. 오은수의 눈빛이 노인의 얼굴에 닿을 때마다 노인은 고개를 끄덕였다. 설희는 노인이 뒤돌아서는 걸 확인하고 약국 문을 열었다. 풍경 소리가 이어지는 동안 두 사람은 말없이 마주 보고 섰다. 서로의 얼굴과 팔, 다리에 남겼던 상처는 어느덧 아문 뒤였다.

오은수의 얼굴에 미소가 어렸다. 어쩌면 그건 지워지지 않은 흉터일지도 모른다고 설희는 생각했다.

**당신에게 죽음을**

# 작가의 말

이 소설을 구상할 시점인 2019년 봄, 작가로서의 최대 관심사는 재밌는 이야기였습니다. 안전가옥의 언어를 빌려 말하자면 '동시대를 사는 우리에게 필요한, 장르적 쾌감이 살아 있는 이야기'를 만들고 싶었던 것이지요.

마침 결혼 10주년을 맞아 당신에게 이 이야기의 시놉시스를 들려주었습니다. 오은수가 복수하는 대목에 이르자 무척 흡족해했던 기억이 납니다. 그때 당신의 눈빛에서 본 살기 섞인 생기가 저로 하여금 이 작품을 쓰게 했습니다.

내친김에 여름이 오기 전 트리트먼트를 완성하고 전반부 원고를 만들었습니다. 그 무렵 앤 카슨의 《남편의 아름다움》을 읽으며 밑줄 그은 글귀*를 아포리즘으로 삼고 자주 중얼거리며 책상 앞에 앉았습니다. 한달음에 완성한 원고로 나름의 성과를 얻기도 했지만 이야기는 세상으로 더 나가지 못한 채 격리에 들어갔습니다.

교착 국면을 이어 가던 오은수와 이수혁의 관계는 지난겨울 안전가옥을 만나 큰 변화를 맞았습니다. 둘의 방백으로 풀어 갔던 무대에 정설희를 내세우기로 결정하면서 이야기의 흐름과 분위기가 바뀌었고 물루도 곁을 주었습니다. 그 와중에도 오은수는 묵묵히 자신의 과업을 이루더군요.

변화를 이끌어 준 안전가옥 알렉스 PD와 카야 PD, 그리고 원고를 살펴 준 이혜정 편집자에게 감사한 마음을 전하고 싶습니다. 지난 몇 년간 파주 교하도서관과 쩜오책방 그리고 오래된서점에서 책을 읽고 이야기 나눠 준 선생님들에게도 감사를 전합니다.

마지막으로 소설이 되어 가는 과정을 늘 정면으로 응시할 수 있도록 도와주는 당신에게 변함없는 존경과 사랑을 보냅니다. 이제 당신의 이야기를 기다립니다.

***

*당신은 말하곤 했다.
"욕망이 두 배면 사랑이고 사랑이 두 배면 광기야."
광기가 두 배면 결혼이지
내가 덧붙였다.

앤 카슨, 《남편의 아름다움》, 한겨레출판, 2016.

**작가의 말**

# 프로듀서의 말

《당신에게 죽음을》의 초고를 처음 만난 건 2022년 가을이었습니다. 겹치고 겹친 우연이 필연이 되어 저에게 도착한 작품이었죠. 당시 유재영 작가님은 완성 후 묵혀 두었던 원고를 다시 써 보려던 중이었고, 저는 결혼, 사랑, 살인이 뒤엉킨 도메스틱 스릴러에 관심을 가지고 있었기에 저희의 작업은 빠르게 진행됐습니다.

초고에서 무대에 올랐던 인물은 은수와 수혁 부부였습니다. 두 사람의 비밀이 조금씩 드러나면서 결혼 생활이 무너져 가는 모습이 흥미로우면서도, 스릴러 장르에 맞는 긴장감이 더해지면 좋겠다는 아쉬움이 남았습니다. 초고를 함께 읽었던 (당시) 인턴 스토리 PD 카야가 설희를 화자로 바꾸어 보자는 아이디어를 주었습니다. 초고에서는 스치듯 지나가는 인물이었던 설희가 무대 전면에 나섰고, 설희가 모습을 드러내자 이야기는 새로운 형태로 자리 잡기 시작했습니다. 그렇게 《당신에게 죽음을》은 설희와 은수라는 이상한 여자들이 끌어가는 독특한 무대가 되었습니다.

설희와 은수는 작품 속 수혁의 책 《악인과 광인》의 두 부류 중 어디에 속할까요? 누군가의 시선으로는 답답한 현실 속에서 악인을 처단해 주는 영웅일 수도 있고, 또 누군가에게는 영웅심리에 취한 미치광이 연쇄살인마일 수도 있을 겁니다. 내가 설희라면, 혹은 내가 은수라면… 내가 인물과 같은 상황에 처했다면 어떤 선택을 했을지 원고를 읽을 때마다 자문해 보았습니다. 매번 저의 선택은 달라지더라고요. 이 작품을 읽으신 독자 여러분의 선택은 어떨지 궁금합니다.

저는 한편으로 이 이야기가 사랑하는 사람을 잃은 이들이 살아남기 위해 애쓰는, 애도의 이야기라는 생각이 들기도 했습니다. 그래서인지 마지막 장을 덮을 때, 설희와 은수의 이후는 조금 더 평온했으면 하고 바라게 되었습니다. 아마도 쉽지 않겠지만요.

이미 완성된 원고를 다시 쓰시는 게 쉽지 않으셨을 텐데, 몇 번의 수정고를 써 주셨던 유재영 작가님께 깊은 감사의 말씀을 드립니다. 책을 만드느라 애써 주신 안전가옥 멤버분들과 이혜정 편집자님, 금종각 디자이너분들께도 감사하단 인사를 전해요. 무엇보다 이 작품을 선택하고 읽어 주신 독자 여러분께 감사드립니다. 부디 《당신에게 죽음을》과의 만남이 즐겁고 짜릿한 시간이 되셨기를 바랍니다.

안전가옥 스토리PD
신지민 드림

**프로듀서의 말**

# 당신에게 죽음을

| | |
|---|---|
| 지은이 | 유재영 |
| 펴낸이 | 김홍익 |
| 펴낸곳 | 안전가옥 |

| | |
|---|---|
| 기획 | 안전가옥 |
| 콘텐츠 총괄 | 이지향 |
| 프로듀서 | 신지민 |
| | 고혜원 · 김보희 · 윤성훈 |
| | 이수인 · 이은진 · 임미나 · 황찬주 |
| 퍼블리싱 | 박혜신 · 임수빈 |
| 편집 | 이혜정 |
| 디자인 | 금종각(이지현 · 최세은) |
| 서비스 디자인 | 김보영 |
| 비즈니스 | 이기훈 |
| 경영지원 | 홍연화 |

| | |
|---|---|
| 출판등록 | 제2018-000005호 |
| 주소 | (04779) 서울특별시 성동구 뚝섬로1나길 5, |
| | 헤이그라운드 성수 시작점 201호 |
| 대표전화 | (02) 461-0601 |
| 전자우편 | marketing@safehouse.kr |
| 홈페이지 | safehouse.kr |
| ISBN | 979-11-93024-26-3 |
| 초판 1쇄 | 2023년 8월 31일 발행 |

# 안전가옥 쇼-트 시리즈